마인드 뷰티 컨설턴트 김아현의

반전매력 심리학 이야기

마인드 뷰티 컨설턴트 김아현의

반전매력 심리학 이야기

김아현 지음

가림출판사

20대는 자신의 적성을 찾기 위해 끝없이 도전해야 하는 시기이다. 젊음은 보이지 않는 계단을 끝없이 올라가는 것과 같다. 제 아무리 퍼내도 다시 고이는 샘처럼, 젊음이라는 튼튼한 심장에서 힘차게 뿜어져 나오는 에너지가 있기 때문이다.

넘어지고 깨지며 좌절하는 시간, 나는 그것이 '실패'가 아니라 당연한 '과정'이라고 생각한다. 물론 남들보다 뒤처진다고 느낄 때도 있을 것이다.

하지만 나는 20대 청년들에게 '인생이 길다'는 말을 해주고 싶다. 조급하게 서두르지만 말고 다양한 것을 시도하고 경험해보며 무엇이 내게 맞는지 찾아나가는 과정도 필요하다.

중요한 건 내가 나아가야 할 길을 선택할 줄 아는 지혜와 역경과 실패에도 담담하게 맞설 수 있는 용기와 같은 건강한 마인드를 가지는 것이다.

내가 인생을 어떻게 살기로 마음먹는가에 따라 주체적이고 행복한 삶을 살 수도, 따분하고 무의미한 삶을 살 수도 있다.

그런 의미에서 이 책은 현대 사회를 힘겹게 살아가는 젊은이들

에게 바치는 인생 교본이라고 할 수 있다.

자신의 고단했던 삶을 진솔하게 진술하면서도 담담한 어조로 밝히면서 보다 나은 삶과 미래를 향해 끊임없이 배우고 성찰하는 저자의 삶은 청춘들에게 스스로 성찰하고 나아갈 수 있는 힘을 갖게 해줄 것이다.

모든 것이 불확실해서 흔들리고 있는 이 시대의 청춘들에게 이 책을 권하고 싶다.

이시형 박사

도전의 방

내 마음속엔 항상 '도전'이라는 방이 따로 있었다.
힘들고 지칠 때마다 항상 그 방에 들어가서 나를 살펴보는 훈련
을 하며 외친다.

나는 안 될 줄 알았다.
나는 쉽게 포기할 것만 같았다.
사람들은 나에게 못할 거라고 했고
절대 안 될 거라고 했다.

하지만 난 지금 이렇게 보란 듯이
잘 살고 있다.
열심히 즐겁게 내 인생을 만끽하면서.

험난한 파도가 유능한 뱃사공을 만들 듯이
세상엔 결코 쉬운 일이 없었다.
'시작'이란 단어 앞에 굴복하지 않고

'도전' 이란 단어와 친하게 지낼수록
재미있는 인생이 내 앞에 펼쳐진다는 것을 전해주고 싶다.

나를 미워하는 이,
나를 사랑하는 이,
그들이 모두 있었기에 지금의 내가 존재한다는 것을 깨달았다.
나는 그 미움의 힘,
사랑의 힘으로 이제껏 포기하지 않고 아픔을 견뎌내왔다.

'도전'은 나를 절망스럽고 어두운 삶에서 환한 빛으로 이끌어준
가장 큰 힘이었다. 그리고 그 중심에는 항상 아버지가 계셨다.

이 책을 나의 독자 1호,
사랑하는 아버지께 바치고 싶다.

Contents

차 례

제1장 불확실한 청춘, 도전하고 꿈꾸라

제2장 나를 응원해주는 내 편을 만들어라

제3장 후회 없는 내일을 위해 직진하라

반전 매력

불확실한 청춘,
도전하고 꿈꾸라

껌팔이 소녀

 "너 일루와 봐, 껌 좀 샀어?"

성년이 되기 이전 나이를 우리는 미성년이라고 부른다. 현재 우리나라에서는 만 14세 미만의 청소년을 미성년자로 규정하며 자신의 행위에 대해 책임능력이 없는 것으로 간주한다. 내가 주변의 어린 아이들에게 껌을 팔아 유흥비를 마련하겠다는 발칙한 생각을 한 것도 내 행동에 대해 책임질 수 없는 나이 때 저지른 일이었다.

한 통도 아니고 껌 한 개에 삼천 원, 많게는 만 원에도 팔아본 적이 있는 나는 그런 것이 어떤 사태를 초래할지 상상도 하지 못했다. 길면 꼬리가 밟힌다고 어느 날, 지나가는 초등학생에게 껌을 팔았다가 결국 사달이 나고 말았다. 그 중 한 명이 하필이면 경찰관 딸이었던 것이다.

학교에서는 득달같이 부모님께 전화를 했고 기함을 하며 달려온 엄마는 나 대신 무릎을 꿇고 손이 발이 되도록 빌었다. 유기정학 처분을 받은 나는 등교는 할 수 있었지만 교실에서 수업을 듣는 대신 방송실에서 벌을 받아야 했다. 그런 나를 지켜보는 엄마의 눈에선 눈물이 마를 날이 없었고, 그와 비례해서 나를 향한 선생님들의 눈총은 점점 더 따가워졌다.

"선배들이 뒤를 좀 봐준다고 네가 날고 기는 것 같니?"

큰 사건 없이 무난하게 학창시절을 보낸 사람들이 들으면 변명이라고 하겠지만 당시 나는 마음을 알아주는 단 한 사람이 절실했다. 왜 그런 행동을 했는지, 그것이 다른 사람은 물론 나 자신에게도 어떤 피해와 상처를 주는지에 대해 엄하지만 애정 어린 훈육을 해주는 선생님이 한 분만 계셨어도 나는 좀 더 빨리 내 행동을 반성하고 돌이켰을 거라고 확신한다.

하지만 당시 선생님들의 눈에는 내가 소위 까진 선배들의 비호 아래 안하무인으로 탈선이나 저지르는 문제 학생으로만 비췄던 모양이었다. 물론 내 앞에서는 나를 감싸주는 선생님도 계셨다. 하지만 뒤에서는 우리 반 아이들에게 나하고 어울리지 말라는 얘기를 했다는 사실을 뒤늦게 알고 충격과 배신감에 몸을 떨기도 했다.

선생님을 겉과 속이 다른 믿을 수 없는 사람이라고 생각할 수밖에 없었던 그 시절, 나에게 그 일 년은 끝도 없이 계속될 것만 같았다. 분노와 서러움, 억울함, 야속함이 가슴속에 가득 차 어린 마음에 더욱 엇나갈 수밖에 없었고, 그것은 고스란히 내 과거의 이력이 되었다.

어떤 사람들은 어린 시절의 일탈을 숨김없이 털어놓는 나에게 굳이 그렇게까지 할 필요가 있느냐고 묻기도 한다. 자랑스러운 기억도 아니고, 자칫 내 발목을 잡을 수도 있는 과오를 밝힌다고 해서 세상이 그 용기를 가상하게 봐주지도 않을 거라는 말이다.

하지만 나는 진심으로 나의 그런 과거가 고맙다. 그런 경험 덕분에 지금 내가 공격성이 강하고 탈선의 길에 빠져든 아이들에게 내 경험에서 우러나온 진심 어린 충고와 조언을 해줄 수 있고, 어린 시절 그토록 간절하게 바랐던, 마음을 알아주는 단 한 사람의 역할을 잘해줄 수 있기 때문이다.

사실 탈선하는 학생들에게 왜 그런 행동을 하는지를 물어 보면 그 이유가 대부분 비슷하다. 분명 세대 차는 있지만 나 또한 아이들이 저지르는 일탈을 경험해봤고 그랬기 때문에 그 심정을 조금은 더 이해할 수 있다.

정신분석에서는 어두운 과거로 기억되는 그 시절의 나를 지금의 내가 보듬고 이해하도록 유도하면서 공감과 이해, 희망을 갖게 하는 심리치료 기법이 있다. 지금의 내가 어린 시절의 나를 이해하고 용서함으로써 응어리져 있던 심리적 트라우마에서 벗어날 수 있게 해주는 것이다.

탈선하는 아이들의 가장 큰 문제는 지금의 일탈이 아니라 그 이후이다. 아이들이 자라 옳고 그름에 대한 자신만의 가치관과 신념이 확립되고 스스로 독립적인 사고를 하기 시작하면 어린 시절 저질렀던 탈선에 대해 남모를 죄의식과 부끄러움을 느끼는 경우가 많다. 이때 미성숙했던 스스로를 이해하고 용서하지 못한다면 죄책감과 피해의식을 갖게 되고, 그것이 자존감 결여나 대인관계 장애로 이어져 사회인으로서의 역할을 다하는 데 방해요소로 작용할 수 있다.

따라서 탈선하는 아이들을 지도하는 데 가장 중요한 키워드는 반성은 하되 자책은 하지 말아야 한다는 점을 분명히 인지시키는 것이다. 자신이 사랑받고 있다는 것을 충분히 알고 있는 아이에게 건강한 자존감은 자연스럽게 따라오게 마련이다. 그리고 그런 아이는 잠시 탈선을 했더라도 올바른 길로 돌아올 가능성이 매우 높다.

하지만 존중받지 못하고 이해받지 못한다고 느끼는 아이가 탈선했을 때 심하게 자책하게 된다면 그 아이의 진짜 문제는 눈앞에 드러나는 청소년기의 방황이 아니라, 성인이 되어서까지 단절감, 소외감을 느끼는 심리적 문제로 이어질 수 있다는 점이다.

다소 과한 비유일 수도 있지만 현재 우리 사회에서 벌어지는 크고 작은 범죄들은 사회에서 소외당한 사람들이 오히려 자기보다 더 힘없는 약자를 대상으로 한 사례가 적지 않다. 또 세상을 발칵 뒤집어놓는 범죄자들의 과거 이력에는 불우한 성장환경이 옵션처럼 따라붙는 경우를 심심치 않게 볼 수 있다. 무기징역을 선고받고 감옥에서 복역 중인 한 범죄자가 이런 말을 했다고 한다.

"어린 시절의 선생님 중 단 한 분이라도 내 머리를 쓰다듬어 주는 선생님이 계셨다면 어쩌면 내가 이 지경까지 가지는 않았을지도 모른다."

그저 범죄자의 핑계일 뿐이라고 할 수도 있겠지만, 선생님이라는 존재는 분명히 한 사람의 인생을 살릴 수도 망칠 수도 있는 영향력을 가지고 있다. 예나 지금이나 교육은 인간의 삶에서 무엇으로도 대체할 수 없는 영역이며 동시에 사람을 변화시키는 막강한 영향력이 있기 때문이다.

물론 가장 중요한 것은 자기 의지이다. 주변 환경이 아무리 열악해도 스스로 마음의 중심을 잡고 흔들리지 않는다면 훗날 성인이 되어서도 범죄자가 될 일도 없고 미숙했던 어린 시절을 떠올리며 괴로워할 필요도 없을 것이다. 하지만 스무 살도 되기 이전의 어린 아이들이 그런 생각까지 할 수 있는 경우는 많지 않다. 나 역시 마찬가지였다. 눈앞의 현실에 절망했고 해소되지 않는 욕구를 다스리지 못해서 반항심만 커지면서 다른 것을 돌아볼 여유 따위는 없었다.

그렇다고 내가 저질렀던 일탈을 합리화하려는 것은 아니다. 모든 것은 결국 내 의지에 따라 결정되는 것이고 세월이 흐른다고 해서 어린 시절 내가 했던 잘못들이 없어지는 것은 아니기 때문이다.

하지만 나는 그 일탈의 시간들을 극복하기 위해 지금도 여전히 노력하는 중이고 그러기 위해 나에게 절실히 필요했지만 정작 중요한 순간에는 없었던 단 한 사람, 내 마음을 알아주는 선생님의 역할을 하기 위해 최선을 다하고 있다. 그리고 그런 노력을 통해 나의 어두웠던 기억들이 조금씩 정화되고 있다.

앞에서 말한 대로 모든 것은 자기가 어떻게 마음을 먹느냐에 달려 있다. 그런데 한 사람이 의지를 가지기 위해서는 어떤 식으로든 주변의 영향을 받게 마련이다. 그래서 아이들을 가르치는 선생님이라면 부정이 아니라 긍정에 기반을 두고 이해와 설득을 통해 아이들을 감화시키려는 자세가 필요하다.

사실 내가 지금 이런 말을 할 수 있는 것도 '껌팔이 소녀'였던 시절에는 만나지 못했지만 그 이후에는 그런 선생님을 만났기 때문이다. 그 선생님들 덕분에 나는 주어진 기회들을 흘려보내지 않을 수 있었고 과거 일탈에 대해서도 스스럼없이 털어놓을 수 있게 된 것이다.

우리나라에 있는 선생님들을 내가 전부 알지는 못하지만 진심 어린 사랑과 열정을 가지고 아이들을 가르치는 선생님들이 많이 계실 것이다. 하지만 한때 내가 그랬던 것처럼 먼저 손 내밀어 주는 선생님을 만나기 어려운 아이들도 분명 있을 것이다. 그래서 나는 단순히 지식만 가르치는 것이 아니라 사랑과 긍정의 지혜를 가르치는 참된 스승이 우리 사회에 많아지길 진심으로 바란다. 그리고 그런 관심과 애정들이 모여 어두운 질풍노도의 시기를 지나고 있는 아이들에게 한 줄기 빛이 되어주길 간절히 기원해본다.

도시락과 눈물

어린 시절부터 지금까지 내 목표 중에 빠지지 않고 들어가는 하나는 돈을 많이 버는 것이다. 자본주의 사회에서 돈이란 누구에게나 필요한 것이지만 내가 특히 돈을 많이 벌고 싶은 이유는 바로 우리 부모님 때문이다.

가난했던 부모님은 전주가 서울처럼 집값이 비싼 것도 아닌데 지금까지 한 번도 번듯한 새집에서 살아보신 적이 없다.

그것이 유독 마음에 걸리는 이유는 현재 내가 살고 있는 집이 부모님 집보다 훨씬 깨끗하고 안락하기 때문이다. 지금껏 효도 한 번 제대로 못 했는데 나 혼자 이렇게 좋은 집에서 살아도 되나 싶은 생각이 들 때마다 두 손 모아 간절히 기원한다. 제발 내가 성공할 때까지 우리 엄마, 아빠가 아프지 말고 무탈하게 해달라고…….

어떤 분들은 부모에게 손 벌리지 않고 너희들끼리 잘 사는 것만으로도 효도하는 거라고 하지만 그렇게 생각하기엔 내가 부모님

속을 썩여도 너무 썩여드렸다. 지금이라면 절대 할 수도 없는 그런 일을 아무 생각 없이 했으니, 어쩌면 내가 기억하는 것보다 훨씬 심했을지도 모른다.

사춘기 시절의 방황이나 반항은 누구나 겪을 수 있는 문제지만 나는 너무 과했다. 가난한 게 싫다고 엄마한테 욕까지 해댔으니 엄마가 그 충격으로 몸져누우신 것도 무리는 아니었다.

북한이 남한으로 못 쳐들어오는 이유가 중학교 2학년 애들 때문이라는 우스갯소리가 있을 만큼 예나 지금이나 그 또래 아이들의 철딱서니 없는 행동은 기성세대들을 기함하게 한다. 나 또한 어디에 내놔도(?) 뒤지지 않을 만큼 극심한 사춘기를 보냈고 특히 중학교 때는 개념이 없어도 너무 없는 아이였다.

아무리 철부지 어린 시절의 일이라지만 지금도 생각하면 한숨밖에 나오지 않는 일을 많이도 하던 시절에 나는 해서는 안 되는 일도 저지르곤 했다.

나는 예뻐지고 싶고 주목받고 싶었다. 하지만 가난한 집에서 태어난 15살짜리 아이가 할 수 있는 일이라고는 없었다. 급기야 나는 부모님이 사주지 못하는 예쁜 옷이나 화장품을 훔치기도 했다. 처음에는 아이섀도, 립스틱 등을 보는 척하면서 하나씩 주머니에 넣어 나오다가 나중에는 간이 커져서 백화점에까지 가서 사고를 쳤다.

부모님의 지갑에도 손을 댔고, 그 돈으로 노래방, 커피숍, 롤러스케이트장을 드나든적도 부지기수였다. 거기다 한술 더 떠서 술, 담배에도 손을 대다가 엄마한테 청소기로 얻어맞은 적도 있었다. 내가 입만 열면 돈 달라고 하는 통에 엄마와는 하루가 멀다 하고 싸웠고 그날도 마찬가지였다.

마치 맡겨놓기라도 한 것처럼 나는 엄마에게 돈을 달라고 손을 벌렸고 엄마는 중학생이 무슨 씀씀이가 그렇게 헤프냐며 핀잔을 주었다. 못된 성질을 다스리지 못한 나는 그때도 어김없이 엄마에게 대들며 악다구니를 썼고 엄마는 그린 내 행동에 충격을 받은 듯 다음 날 아침이 되어서도 나에게 한마디도 건네지 않으셨다. 지금이야 엄마가 얼마나 속이 상하고 참담했을지 충분히 이해하고도 남지만 그때의 나는 세상에 오직 나밖에 없는 아이였고 엄마의 마음을 이해하지도, 이해하려고 노력하지도 않았다.

그런데도 엄마는 입이 까다로워 학교 급식을 먹지 못하는 나를 위해 매일 도시락을 싸주셨고 그것은 내가 한바탕 난리를 쳤던 그날도 마찬가지였다. 누워서 침 뱉기인 줄도 모르고 나는 학교에 와서도 친구들에게 엄마 흉을 잔뜩 보고는 열변을 토하느라 허기진 배를 채우기 위해 엄마가 싸주신 도시락 뚜껑을 열었다. 그 순간 뭔가 툭 하고 떨어졌다. 엄마가 편지를 써서 곱게 접어 뚜껑에 끼워놓은 것이었다. 그것은 내가 태어나서 처음으로 엄마에게서 받은 편지였다.

우리 딸에게

할 말이 참 많았는데 쓰려고 하니 말문이 막혀 버리는구나.

엄마는 우리 큰딸에게 참 많은 기대를 했었단다.

그래서 어렸을 땐 우리 딸이 해달라는 거, 먹고 싶은 거 다 해줬지.

아빠는 지금도 그렇게 하고 계시지만······.

그런데 오늘은 너무 실망했어.

엄마는 너를 나무라기 이전에 나 자신에 대한 죄책감과 서러움이 너무 컸단다.

엄마가 한 행동에 그렇게 화가 났니?

우리 식구들만 있었던 자리도 아닌데······.

엄마는 내가 공부도 열심히 해야겠지만 그보다 자식으로서 부모에 대한 최소한의 예의를 지키고 바른 성품과 여자로서 버릴 데 없는 착하고 예의 바른 숙녀가 돼 주길 진심으로 바란단다.

사랑하는 우리 딸.

엄마가 항상 말했듯이 인간으로 살아가다 보면 사람이 등산을 할 때와 마찬가지로 정상에 오를 때는 고통과 견디기 어려운 괴로움이 따르지만 정상을 정복하고 나서 내려올 때는 별 어려움이 없듯이 너희들이 살아가는 것도 그럴 거라고 믿는다.

너희에게는 지금이 가장 어려울 때란다.

엄마가 이렇게 말하면 늘 하는 잔소리로만 들리겠지만 세월이 흘러 네가 어른이 됐을 때 엄마 말이 무슨 뜻이었는지 이해가 될 거야.

엄마 아빠는 다른 거 크게 바라지 않아.

다만 건강하고 착하고 바른 딸이 돼 주길 바랄 뿐이란다. 그리고 또 한 가지 부탁은, 네 친동생은 너도 알다시피 진희 하나뿐이잖니. 사이좋게 지냈으면 좋겠다. 그리고 아빠에게 말대꾸하지 말고 효도까지는 바라지도 않는다. 다만 정숙한 행동으로 아빠에 대한 최소한의 예의는 지켜 줬으면 좋겠다.

이렇게 산다면 우리 집은 항상 웃고, 부끄럽지 않은 행복한 가정이 될 거야.

오늘도 행복한 하루가 되길 바란다.

엄마가

2년 전쯤 엄마와 딸에 관한 에세이를 읽은 적이 있다. 그 책을 읽고 나서 나는 사람이 태어나서 살아가는 동안 수많은 인연을 만나지만 그중 무엇으로도 대신할 수 없는 것이 바로 엄마와 딸 사이가 아닐까 하는 생각을 하게 되었다.

생명을 잉태하고 키워서 세상을 비추는 하나의 등불이 되게 하는 사명을 이뤄내기 위해 여성에게 천부적으로 주어진 본성을 모성이라고 생각한다. 엄마는 그 모성을 지닌 존재이기에 자식의 탈선을 바라보는 엄마로서의 스트레스는 결코 가볍지가 않았을 것이다.

그 편지는 나밖에 모르는 이기심과 현실에 대한 불만으로 가득 차 있던 나에게 엄마가 느끼는 고통을 고스란히 전해주었다. 그제야 내가 엄마에게 무슨 짓을 해왔는지 정신이 번쩍 들었다.

밤늦은 시간까지 잠을 못 이루고 내가 들어오기를 기다리던, 등을 보인 채 베란다 입구에 앉아서 흐느끼던 엄마에게 내가 철없이 내뱉었던 말들까지······.

나는 점심시간이 한참 지난 뒤에도 엄마 생각에 계속 눈물이 났고, 이제부터는 적어도 욕은 하지 말자는 결심을 하게 되었다. 어느 때는 친구 같기도 했다가 어느 때는 원수 같기도 하지만, 결코 끊을 수 없는 천륜으로 이어진 것이 엄마와 딸 사이가 아닌가. 나는 우리 엄마의 삶과 더 나아가 세상의 모든 어머니들이 가지는 사랑이 얼마나 깊고 위대한지에 대해서도 생각하게 되었다.

오죽하면 사랑하는 여자의 요구 때문에 어머니의 심장을 도려내 가지고 달려가다가 돌부리에 걸려 넘어진 아들에게조차 어디 다치지 않았냐며 조심하라고 하는 사람이 어머니라는 이야기까지 있겠는가.

철없던 시절 나는 바이올린, 미술, 수영 같은 걸 배우고 싶었다. 하지만 워낙 가난해서 들어줄 수 없었던 엄마에게 나는 원망과 투정만 늘어놓았다. 그런데 엄마가 쓴 편지 한 통으로 조금이나마 달라질 수 있었다. 그렇게 한결 같은 마음으로 나를 지켜보고 돌봐준 엄마의 사랑이 지금의 나를 있게 한 것이다.

만약 이 책을 읽는 독자 중에 자식이 원하는 것을 들어주지 못해서 속상해하는 부모가 있다면, 자식에게 정말 필요한 것은 진심 어린 사랑과 그 애정을 표현하는 일이라고 말해 드리고 싶다. 과학적으로 입증되지는 않았지만 사랑이란 감정에는 강한 자기력이 있어서 좋은 것들을 끌어당긴다고 한다.

부모의 사랑을 못 받고 자란 사람보다 사랑을 듬뿍 받고 자란 사람이 세상에 이로운 일을 더 많이 할 수 있는 법이다. 자식의 성공과 안녕을 진심으로 바란다면 어렸을 때부터 더 많이 사랑해주길 바란다. 그 사랑은 내 자식을 통해 세상을 돌고 돌아서 결국에는 나 자신에게로 다시 돌아올 것이다.

실력이 진짜 경쟁력이다

2006년 9월, 바라던 대로 나는 대학원에 진학했다. 학부 시절에도 주전공인 영문학 공부도 소홀히 할 만큼 심리학에 푹 빠져 있던 터라 대학원 과정부터 내 진로는 자연스럽게 심리학으로 굳어졌다.

대학원이라는 특성상 동기들 중에는 나보다 연배가 위인 언니들이 있었는데, 대학 졸업 후에 이런저런 사회 경험을 쌓았기 때문에 아는 것도, 세상 경험도 많았다.

하루는 수업을 마친 후 학교식당에서 이야기를 나누다가 석사 동기 언니 두 명이 해외여행 다녀온 이야기를 꺼냈다. 한 번도 외국에 나가 본 적이 없는 나는 그만 자격지심이 느껴져서 그 언니들이 나를 왕따시키고 있다는 생각까지 했다.

TV 프로그램이나 사진으로만 봤던 뉴욕에 대해 생생한 경험담을 주고받는 언니들 사이에서 내가 할 수 있는 이야기는 별로 없었다. 그저 가만히 입다물고 듣고 있는 수밖에 없었다. 뭔지 모를 답답함과 막막함, 부러움과 소외감이 밀려왔다. 대학원생들이 하는 이야기에 끼려면 무조건 외국에 나갔다 와야 하는 건가 싶어서 마음이 씁쓸했다.

그때 처음 나도 외국에 가보고 싶다는 욕심이 생겼고 가슴속에 부러움이 싹트기 시작했다. 흔하다면 흔한 해외여행 한 번 다녀오지 못했는데 이런 사람들 사이에서 내가 잘해낼 수 있을까에 대한 걱정도 가슴 한구석에 자리 잡았다. 그러다 보니 어느새 주눅이 들어서 동기들 앞에서는 아쉬운 소리를 하고 이런저런 도움을 받는 것조차 불편하게 느껴졌다.

법적으로는 이미 성인이 되고도 몇 년이 지난 때였지만 나의 내면에는 여전히 채 성숙하지 못한 어린 마음이 남아 있었다. 그것이 어린 시절 내게 허락되지 않았던 유복함에 대한 갈망을 건드리곤 했다.

너무나도 뼈아프게 느껴졌던 어린 시절의 결핍을 채우기 위해 나는 본능적으로 돌파구를 찾기 시작했다. 그리고 어느 순간 그 시절에는 할 수 없었지만 지금은 얼마든지 스스로에게 원하는 것을 선물할 수 있는 능력이 나에게 있다는 생각을 하게 되었다. 그 뒤로 나는 하나둘씩 좋아하는 것들을 끌어당기기 시작했다.

명품 가방을 사고 자동차를 몰고 해외여행을 다니면서 남들 앞에서 뿌듯해하며 은근히 자랑도 하면서 그동안 느껴왔던 소외감이

나 박탈감을 채워갔다. 그것으로 한동안은 헛헛한 마음을 달랠 수 있었다.

하지만 그렇게 얻은 성취감이 언제까지 지속될 수는 없는 것이었다. 그리고 내가 가진 경쟁력이 완전하지 않다는 것을 나 역시 알고 있었고, 진정한 자신감은 소유물에서 오는 것이 아니라 마인드에서 온다는 것 또한 이미 깨달았다.

내가 이런 생각을 할 수 있었던 것은, 어린 시절 겪었던 결핍이 내가 누리는 모든 것들이 당연하게 주어진 것이 아니라는 것을 알려주었기 때문인지도 모른다. 명품 옷을 입고, 수입차를 끌고 다니고, 하고 싶은 것을 할 수 있는 충분한 돈이 있다는 것은 분명 삶을 윤택하게 하고 자신감을 심어 준다. 그리고 그 자신감은 경쟁력이 되고 그것이 곧 스펙이 될 수 있는 세상이다.

하지만 그런 자신감은 수명이 그리 길지 않다는 것이 함정이다. 하루가 다르게 변화하는 세상인만큼 잠시 지니고 다니는 소유물의 가치도 그만큼 빠르게 바뀌게 마련이다. 그리고 무엇보다 소유물은 우리에게 진정한 행복을 줄 수 없다. 나는 쓰고 싶은 것 다 쓰고, 하고 싶은 것을 다 해본 후에야 비로소 그것을 깨달았고 자신감을 가지는 것이 무엇보다도 중요하다는 것도 절감했다.

원하던 것을 이루고 나서 왜 마음이 허하기만 한 것인지 치열하게 고민하다가 나는 문득 내가 진짜로 원하던 것이 그것이 아니었다는 것을 깨달았다. 내가 정말 원하는 것은 많은 사람들로부터 진심 어린 사랑을 받고, 나라는 사람 자체가 경쟁력이 되어서 사람들에게 선한 영향력을 미칠 수 있는 것이었다.

사람은 누구나 자신이 원하는 행복이 있고 바라는 모습도 저마다 다를 것이다. 과학적으로 증명할 수 있는 영역은 아니지만 외국의 어느 명상가는 사람은 저마다 태어나면서부터 가지고 있는 영혼의 목적이 있고, 삶은 그 목적을 이루기 위해 주어진 기회라고 했다.

내가 무엇을 이루기 위해 이 세상에 태어난 것인지 알 수 없지만 그것이 무엇이든 나는 사람들에게 선한 영향력을 미치는 사람이 되고 싶다. 그리고 먼 훗날, 만약 절대자가 있어서 내게 세상에 가서 무엇을 하고 왔느냐고 묻는다면 사람들에게 위안과 행복을 주기 위해 노력하다가 왔다고 말하고 싶다.

그래서 나는 지금 이 순간도 내 모든 꿈과 비전을 쓸 수 있는 기회를 만들어 준 세상 모든 것들에게 감사한다. 가진 자들의 여유를 그저 바라보고 있을 수밖에 없었던 가난한 대학원생이었던 내가 지금은 이렇게 행복과 풍요에 대해 말할 수 있게 되었다는 것만으로도 내 삶에 희망이 있다는 뜻이라고 믿는다.

물론 헬조선이라는 신조어가 세간에 회자되고 있는 지금 꿈과 비전, 희망에 대해 이야기한다는 것이 누군가에게는 기만으로 받아들여질 수 있을 거라는 생각도 든다. 성장할 수 있는 기회조차 주어지지 않는다고 느끼는 사람들에게 지금 내가 하는 이야기는 와닿지도, 공감하기도 어려운 이야기일 수 있다.

그런데 그런 생각을 하는 독자 중에 혹시 어린 시절부터 겪어야 했던 결핍 때문에 힘들었던 기억을 가지고 있는 사람이 있다면 나는 그 사람에게 나도 마찬가지였다는 말을 꼭 해주고 싶다.

앞에서도 고백했듯이 나는 유복한 가정환경을 갈망했지만 그런 바람은 채워지지 않았고, 그 핑계로 많은 방황과 일탈을 일삼는 아이였다. 그랬던 내가 지금은 전혀 다른 삶을 살고 있다. 그리고 그것이 부모의 경제력에 기댄 것이 아닌, 온전히 내 의지와 실력으로 이룬 것들이라는 말을 해주고 싶다.

흙수저로 태어났을망정 나는 태어난 여건에서 계속 살 수밖에 없다는 생각은 한번도 해본 적이 없고 원하는 것을 얻기 위해 최선을 다했다. 그랬기 때문에 나는 하고자 하는 의지와 성실함, 그리고 실력만 갖춘다면 결핍보다 더 위험한 자조 섞인 절망에 빠지지 않을 수 있고 그 자체가 바로 진정한 경쟁력이 된다고 생각한다.

내 의지와는 상관없이 결정된 것들에 신경 쓰는 것보다 올바른 가치관과 건강한 자존감 그리고 진짜 경쟁력을 갖추는 일에 에너지를 쏟는 것이 오히려 생산적이다.

큰 수고와 노력을 들이지 않고도 갖은 혜택을 누릴 수 있다는 것은 분명 감사한 일이겠지만, 지금까지 내 경험으로 보았을 때 그러한 행운에는 눈에 보이지 않는 은밀한 값이 매겨져 있는 경우가 많았다.

태어날 때부터 허락되지 않은 것에 대한 갈망과 막막한 현실에 대해 서러움을 느끼는 사람이 있다면 이 말을 꼭 기억했으면 한다. 당신에게 주어진 행운이 다른 사람의 것보다 적어 보인다면, 그것은 당신이 원하는 것을 끌어당길 수 있는 실력과 의지를 가져야 한다는 신호이다. 일시적인 소유물이나 부모의 경제력은 영향력이 길지 않다. 하지만 스스로 수고하고 노력하여 얻은 경쟁력은 당신이 살아 있는 한 영원히 지속될 것이다.

아빠, 미안해

나이 스물두 살에 엄마와 결혼한 아빠는 서른두 살이 되어서야 첫 딸인 나를 낳으셨다. 결혼 후 10년 동안 아이가 생기지 않아서 전국 방방곡곡 사찰이란 사찰은 다 찾아다니며 지성으로 기도를 올리고 나서야 간신히 나를 얻었다고 한다. 그래서인지 아빠는 유별나게 나를 금이야 옥이야 키우셨다.

어느 부모나 마찬가지겠지만 부모님은 오랜 시간을 기다리고 어렵게 낳은 나를 잘 키우고 싶어 하셨다. 교육열이 높았던 엄마 덕분에 나는 초등학교 시절내내 성적도 상위권을 유지했다. 선머슴 같은 아이였지만 반 아이들 사이에서 인기도 높아서 4학년 때는 회장에 뽑히기도 했다. 개표가 진행될 때, 나는 회장이 된다는 생각에 싱글벙글하고 있었다. 그런데 정말 어이없는 일이 일어났다. 내가 여자라는 이유로 담임선생님이 부회장으로 뽑힌 남학생에게 회장 자리를 넘겨준 것이었다.

요즘 같았으면 부모가 교육청에 신고하고 난리가 났겠지만, 우리 엄마는 그럴 용기도 없었다. 선생님이 어련히 알아서 잘 시켰겠냐며 우리 딸 잘하는 것은 엄마도 잘 알지만 이번 한 번만 선생님 말씀을 들으라면서 펑펑 우는 나를 달랠 뿐이었다.

세상 물정을 알기에는 내 나이가 너무 어렸지만 나는 그 남자애가 부잣집 아들이기 때문에 선생님이 회장 자리를 맡긴 것이라고 생각했다. 그 아이는 당시 전주에 처음으로 생긴 15층짜리 아파트에 살고 있었다.

겉으로는 아무 내색도 하지 않으셨지만 우리 부모님도 마음이 많이 상하셨던 것 같다. 우리 집이 못 살아서 회장 자리를 빼앗겼다고 생각하는 내 마음을 알아채신 건지, 그 후 당시 살고 있던 동네보다 환경이 좀 더 나은 동네로 이사를 갔다.

넉넉지 못한 집안 형편 때문에 원하는 것을 다 들어주지는 못했지만 그래도 부모님이 할 수 있는 건 모두 해주고 싶어 하셨다. 그 마음이 하늘에 닿았는지 나는 6학년 때, 다시 회장에 선출되었다. 어린 마음에 쌓여 있던 한이 풀어지는 순간이었다.

하지만 초등학교 4학년 때 겪었던 그 일 때문인지 나는 남에게 지는 걸 죽기보다 싫어하는 드센 성격을 갖게 되었고, 이게 아니다 싶으면 남자애들한테도 욕지거리를 퍼부었다. 집에서도 학교에서도 내 기를 꺾을 수 있는 사람이 거의 없었다. 학교에서 드센 선배들이 나를 지켜보고 있다는 것을 알았지만 한 대 맞기라도 한다면 나도 때려주면 된다는 생각에 선배 무서운 줄도 몰랐다.

그러다 보니 나는 어느새 기 세고 까불대는 아이로 동네에 소문이 자자했다. 여중에 입학한 후에는 여자애들 사이에서 대장 노릇도 하고 리더가 되고 싶은 마음에 일부러 센 척 하며 허세를 부리기도 했다.

당시 나를 눈여겨 보고 있던 선배들은 내가 좀 삐딱하게 보여서인지 괴롭히는 대신 자기들 편으로 끌어들이려고 했다. 그때부터 나는 좀 논다는 선배들을 따라 전주 시내 노래방, 나이트클럽을 휘젓고 다니며 새벽 대여섯 시나 되어 집에 들어오곤 했다. 아빠는 매일 밤 나를 잡으러 다니기 바빴지만 엄마는 말리면 말릴수록 엇나가기만 할 거라는 생각에 어느 정도는 허용해주셨다. 하지만 엄마 속이 편했을 리 없다.

아이러니하게도 아빠는 그때 청소년 선도위원을 하고 계셨다. 그래서 나뿐 아니라 다른 아이들까지도 집으로 돌려보내야 한다는 생각에 아빠는 거의 매일 새벽까지 나를 찾아 전주 시내를 헤매다니다 어느 날 갑자기 혈압이 올라 뇌경색으로 쓰러지고 말았다. 끊임없이 말썽을 피우고 다니는 나를 붙잡아 놓고 이럴 거면 같이 죽자고 울부짖던 아빠의 애끓는 만류를 한 귀로 듣고 한 귀로 흘려버린 대가였다

입원하신 아빠는 성치도 않은 몸으로 병실에 누워 나에게 편지를 쓰셨다. 당신 건강부터 챙겨야 하는 상황에서도 아빠는 나와 엄마, 동생의 걱정부터 하셨다.

사랑하는 큰딸 보거라.

병실에서 보내는 저녁이 무척이나 쓸쓸하더라.
아침이 되면 저녁이 걱정되고, 가족의 소중함을 더더욱 느끼게
되지.
어린 우리 두 딸들을 생각하면서 마음이 무척이나 아팠단다.
혼자 누워서 말이다.
이렇게 몇 자 적으면서도 자꾸 눈물이 흘러 내려서 한참을 울었
다.
아빠가 건강해야 할 텐데 말이다.
월요일이면 방학도 끝나고 개학이지?
매사를 반성하는 마음으로 후회 없는 나날을 보내고,
꿈을 가지고 학교생활을 열심히 하거라.

우석대 병실에서 아빠가

폭풍 같던 십대를 보내고 내가 성인이 된 후에 아빠는 뇌경색으로 한 번 더 쓰러지셨다. 그때 서울에 교육을 받으러 와 있었는데 엄마와 고모의 전화번호가 번갈아가며 부재중 전화에 찍혀 있었다. 전화를 했더니 엄마가 다급하게 내려와야 할 것 같다고 하셨다. 무언가 심상치 않음을 직감한 나는 전주로 내려가는 버스 안에서 울고 또 울었다. 너무나 철없던 시절, 아빠 가슴에 내가 박아놓은 대못이 결국 아빠를 쓰러지게 했다는 죄책감 때문에 제정신이 아니었다.

헐레벌떡 집에 도착하니 친척들까지 다 와서 모여 있는 것이 눈에 들어왔다. 돌아가실 수도 있다는 말에 엄마는 주저앉았고, 나는 최악의 순간이 그려져서 질끈 눈을 감을 수밖에 없었다. 교환학생으로 영국에 가 있는 동생한테 이 소식을 어떻게 전해야 하나 싶어서 눈앞이 깜깜했다.

다행히 내가 아주 못된 짓만 한 것은 아니었는지 아빠는 무사히 고비를 넘기고 다시 일어나셨다. 나에게는 아빠에게 효도할 수 있는 마지막 기회가 주어진 것이었다.

10년 가까이 공부한 심리학을 잠시 내려놓고 교육 사업에 뛰어든 것도 아빠가 한 번만 더 쓰러졌다가는 정말 돌아가실 수도 있다는 사실을 알았기 때문이다. 자식 키운 보람보다는 걱정과 한숨을 더 많이 안겨 드린 내가 아빠에게 할 수 있는 마지막 효도는 성공한 모습을 보여드리는 것뿐이다. 내가 이렇게 열심히 사는 것도 아빠 때문이라고 해도 과언이 아니다. 나를 가장 행복하게 해주었고 나를 꿈 꿀 수 있게 해주는 원동력이 바로 우리 아빠였다.

지금 나의 간절한 소원은 첫째 아빠가 돌아가시기 전에 새집에서 살게 해드리는 것이다. 현재 나는 새 아파트에서 살고 있지만 부모님은 아직도 예전 집에서 그대로 살고 계신다. 그나마 작년에 아빠 차를 바꿔드려 조금 위안이 되긴 했지만, 낡고 오래된 집에서 불편하게 살고 계신 모습을 보고 집으로 돌아갈 때마다 발걸음이 무겁게 느껴진다.

몸에 근육이 다 빠져서 몰라보게 늙어버린 아빠의 뒷모습을 볼 때마다 '아빠가 언제까지 더 사실 수 있을까' 하는 생각이 들곤 한다. 내가 과연 우리 아빠의 죽음을 받아들일 수 있을까, 상상만 해도 머릿속이 텅텅 비는 것 같다. 그래서 지금 이 순간은 내가 아빠가 원하는 모습으로 열심히 사는 것이 나의 두 번째 소원이다.

아빠는 어렵고 가난해도 어려운 사람들과 나누고 베풀면서 살라고 하셨다. 지금까지는 그렇게 살지 못했지만 너무 착해서 바보 같이만 보이던 아빠의 말이 맞다는 것을 잘 알고 있다.

비록 몸은 떨어져 있더라도 내가 엄마, 아빠의 자식이라는 것은 변하지 않는 사실이다. 누군가의 자식으로 살고 있는 우리 모두가 부모님의 삶을 돌아보고 살피면서 그 희생에 감사하는 마음을 가졌으면 좋겠다.

수욕정이풍부지樹欲靜而風不止 자욕양이친부대子欲養而親不待

나무는 가만히 있으려고 하나 바람이 그치지 않고 자식은 봉양하려고 하나 부모는 기다려 주지 않는다는 말이다.

시간이 많이 남아 있을 것 같지만 그것은 누구도 장담할 수 없다. 먹고 사는 문제로 바빠서 부모를 돌아볼 여유도 없이 살아왔겠지만 지금이라도 한번쯤 부모님의 삶을 생각해서 살펴드리고 나에게 진정으로 원하는 것이 무엇인지 생각해 보았으면 좋겠다.

우리 아빠의 소원이 내가 다른 사람에게 도움을 주고 사회에 보탬이 되는 삶을 사는 것이기 때문에 나 역시 독자들에게 조그마한 도움이라도 되길 간절히 바라는 마음으로 이 책을 쓰고 있다.

가끔은 내가 그렇게 꼴통 같은 짓을 많이 했는데도 좋은 부모를 허락해주셨고, 내가 쓴 책을 아빠 손에 올려드릴 수 있는 기회를 주셨다는 것에 하늘에게 감사하게 된다. 그래서 나는 부모를 생각하는 자식에게는 하늘이 좋은 기회를 주는 것이라고 생각한다.

부모님 속을 누구보다도 많이 썩인 비행 청소년이었던 내가 사람들에게 꿈과 희망을 이야기하는 강사가 될 수 있었던 밑바탕에는 아빠의 사랑이 있었다.

말썽 많은 큰딸 때문에 너무나 고단했을 우리 아빠에게 마지막으로 이 말을 전하고 싶다.

"아빠, 미안해. 그리고 사랑해."

아현아 나는 너를 믿는다

사춘기 때 나는 부모님은 물론 학교 선생님들도 누손 두 발 다 들 만큼 아무도 말릴 수 없는 아이였다. 심지어 중학교 때 선생님들은 다른 아이들의 부모님에게 나와 어울리지 못하게 하라는 간곡한(?) 당부를 할 만큼 나는 선생님들 사이에서는 최악의 학생이었다.

당시 선생님들은 지금의 나를 상상조차 할 수 없을 것이다. 물론 많은 학생들을 상대해야 했으니 어쩔 수 없는 부분도 있었을 것이다. 하지만 지금 생각해도 그때는 너무했다 싶을 만큼 대다수의 선생님들은 나를 믿을 수 없는 요주의 인물로만 여겼다.

내가 교육 전문가는 아니지만 보편적인 교육의 의미를 생각했을 때 교사에게도 인성교육이 필요하지 않을까 싶을 만큼 나는 학생들에게 모질고 가혹한 폭언을 서슴지 않는 선생님들을 많이 겪어왔다. 학교 선생님들의 자질과 역량에는 미치지 못하겠지만 나 또한 성장기의 아이들을 가르치는 입장에서 선생님의 말 한마디가 학생에게 가르치는 수많은 지식보다 훨씬 파급력이 크다는 것을 잘 알고 있다.

현재 우리나라에서 교육 문제라고 하면 입시 문제, 사교육, 선행 학습 등의 키워드를 떠올린다. 일각에서는 미국, 독일, 핀란드 등 교육 선진국의 사례를 통해 우리 사회가 안고 있는 교육의 문제점을 진단하기도 한다. 물론 그러한 노력들도 아주 중요하다.

하지만 그 모든 시도 외에도 학생을 대하는 교사의 인성적 자질과 역량 계발 또한 반드시 고려되어야 한다는 것이 내 생각이다. 선생님도 사람인지라 말썽 일으키지 않고 말 잘 듣는 아이에게 마음이 가는 것은 인지상정이다. 또 그런 아이들이 칭찬받고 인정받는 것 또한 부자연스런 일은 아니다.

하지만 그런 아이들과는 반대되는 행동을 한다고 해서 부적응자, 낙오자, 실패자로 낙인찍는 것은 적어도 교사가 할 일은 아닐 것이다.

학생들과 가장 많은 시간을 보내는 교사들이 말 잘 듣고 얌전한 아이를 기준으로 삼아 이렇게 해야 선생님에게 사랑 받고 사회에 나가서도 성공한다는 정형화된 프레임을 암묵적으로 주입하는 것이 바람직한 일인지 묻지 않을 수 없다.

아인슈타인, 에디슨, 뉴튼, 갈릴레이 등 역사에 이름을 남긴 인물들의 어린 시절을 보면 지금의 한국 사회가 학생들에게 기대하는 역할 모델과는 많이 다르다는 것을 알 수 있다.

물론 모든 사람들이 역사 속 위인들처럼 살아야 한다는 말은 아니다. 하지만 이들이 가졌던 재능, 수고, 노력에 힘입어 후대 사람들이 누린 혜택을 생각해보면 아이들이 좀 특이하고 내 기준에 못미치는 것처럼 보인다고 해서 그들이 가지고 있는 가능성이나 잠재력까지 평가절하하거나 무시해서는 안 된다고 본다. 특히 인간의 삶에서 그 무엇으로도 대체할 수 없는 '교육'을 담당하는 교사라면 말이다.

뿌린 대로 거두는 법이라고 자신이 저지른 것도 있으면서 선생님들이 믿어주지 않았다고 원망할 일만은 아니라고 한다면 할 말은 없다. 하지만 그럼에도 불구하고 나를 믿어준 선생님이 계셨고 그 덕분에 지금의 내가 있었기에 나는 지금도 당당하게 말할 수 있다. 선생님이 해주신 칭찬 한마디, 나를 믿고 허락해 주신 단 한 번의 기회가 한 아이의 인생을 완전히 바꾸어놓았다고.

벌써 20년이 다 되어가지만 나는 아직도 나를 믿어줬던 단 한 분의 선생님, 임만철 선생님께 말로 다할 수 없는 고마움을 느낀다. 임만철 선생님은 중학교 3학년 때 담임선생님이었는데 유별나게 예뻐하신 것은 아니었다. 하지만 내가 좋아하는 일을 할 수 있도록 기회를 주셨던 선생님이었기에 나한테만은 정말 특별한 분이다.

지금도 교사 연수에 갈 때마다 그 선생님이 떠오르곤 하는데 그때마다 어김없이 눈물이 난다. 탈선학생이었던 나로서는 단 한 번도 가져볼 수 없었던 총무를 맡을 기회를 주셨기 때문이다.

시켜만 주시면 정말 잘할 수 있다는 내 말에 선생님은 미소 띤 얼굴로 해보라고 하셨고, 다른 학급 부장들을 뽑는 일도 맡겨 주셨다. 다른 선생님이었다면 나를 어떻게 믿고 그런 일을 맡기냐고 했겠지만 선생님은 나를 믿어주셨다.

처음에는 '왜 나한테 이런 기회를 주셨을까' 의아해했지만 선생님은 지속적으로 나에 대한 믿음을 보여주셨다.

반에서 도난사고가 일어났을 때 그 일의 해결을 전적으로 나에게 맡겨 주신 것도 나를 믿으셨기에 가능한 일이었다.

"이번에 네가 당한 일, 이 친구가 해결해줄 거야."

한 친구가 교실에서 통장을 잃어버렸는데, 계좌에서 10만 원이 빠져나가서 한바탕 난리가 난 적이 있었다. 그때 피해를 입은 친구를 불러놓고 선생님은 내가 해결해줄 거라고 말씀해주셨다. 책임감도 없었고 공부도 안 했던 나한테 왜 이런 일을 시키시는 건지 영문은 알 수 없었지만, 나는 깜짝 놀라면서도 당차게 대답했다.

"네, 제가 해보겠습니다."

"잘할 수 있어?"

"네, 아무도 모르게 해결하겠습니다. 저를 믿어주세요."

"그래. 선생님은 너 믿는다."

'믿는다'는 단 한마디 말로 선생님은 내 안에 잠들어 있던 잠재력을 끌어내셨고, 나는 그 엄청난 사건을 원만하게 해결해서 선생님의 믿음에 보답하고자 내가 할 수 있는 논리적인 사고를 총동원해서 문제를 해결하기 시작했다.

먼저 통장을 분실한 친구에게는 네가 통장을 가지고 다닌다는 것을 알고 있는 친구들의 명단을 적게 했고 그 친구는 몇 명의 이름을 적었다. 그래서 그 친구들 중에 최근에 은행에 함께 간 사람이 있는지를 물었더니 그 중 몇 사람의 이름을 가리켰다. 그 친구들 중에 의심되는 사람이 있느냐고 물었지만 전혀 모르겠다고 했다. 그래서 통장에서 돈이 없어진 것을 언제 알았는지를 다시 물었다.

그랬더니 돈이 인출되고도 이틀이 지난 다음에야 알게 되었다며 통장을 분실해서 새로 발급 받으러 갔다가 확인했다는 것이다. 나는 그 친구와 함께 은행에 가서 사정 이야기를 하고 CCTV를 확인할 수 있는지 물었다. 하지만 은행에서는 너희 같은 학생들이 나설 일이 아니라 경찰을 불러서 수사해야 하는 일이라고 했다.

하지만 나는 거기서 물러서지 않고 그렇게 해결을 한다면 돈을 빼간 아이는 그 순간부터 도둑이라는 꼬리표를 달고 평생을 살아야 하지 않냐고, 지금 도둑이 되면 커서도 도둑이 될 거라고 지점장님을 설득했다. 피해를 당한 친구 역시 돈만 돌려받으면 된다면서 처벌을 원하지 않는다고 적극적으로 나서서 경찰이 개입하는 최악의 사태는 피할 수 있었다.

"가해자가 누군지는 몰라도 우리 반 친구일 거고 소중한 아이다, 제발 조용히 넘어갈 수 있게 도와달라"는 내 말에 지점장님이 웃으시면서 말씀하셨다.

"너 이름이 뭐냐? 넌 정말 크게 될 인물이다."

은행 측의 협조를 받아 CCTV를 확인하면서 나는 처음으로 내가 잘할 수 있는 일이 많다는 것을 깨달았다. 은행 CCTV는 24시간 동안 작동되지만 나는 오후 3시까지 학교에 있는 학생이 저지른 일이니 오후 3시 이후부터 확인해 달라고 요청했다.

점심시간에 들렀을 수도 있겠지만 우리 학교에서는 점심시간에 나가려면 외출증을 써야 하는데 통장을 분실하고 재발급 받는 데 걸린 이틀 동안 외출증을 썼거나 양호실에 간 아이가 없었다는 것을 이미 확인했기 때문이다.

결국 나는 CCTV를 통해 돈을 꺼내간 친구를 확인했고 벌어진 입을 다물지 못했다. 그 아이는 다름 아닌 나와 함께 과외도 받고 친하게 지내는 아이였기 때문이다.

그날 밤, 나는 엄청나게 갈등하다가 담임선생님께 말하기 전에 미리 그 친구를 불러 내가 확인한 사실을 말해 주었다. "네가 한 일이라는 것을 알고 있지만 나는 네가 범죄자라고 생각하지는 않아. 우리는 지금 질풍노도의 시기를 겪고 있고 누구나 그런 실수를 할 수 있다고 생각해. 나는 네가 상처받는 걸 원하지 않아. 서로가 힘들지 않게 이쯤에서 마무리했으면 좋겠다." 그 친구는 내 말에 눈물을 쏟으며 자신이 왜 그런 행동을 했는지 털어놓았다. 생리를 할 때마다 그런 욕구가 생긴다는 것이었다.

그 친구는 극도로 불안해하면서 '어떻게 하냐'는 말만 되풀이했는데 나는 아무도 모르게 처리할 것이라며 안심시켜 주었다. 다행스럽게도 그때 빼간 돈 10만 원을 그대로 가지고 있어서 그 돈을 원래 주인에게 돌려주는 것으로 사건은 일단락되었다.

다음 날 담임선생님께 자초지종을 말씀 드렸지만 선생님은 전혀 내색하지 않으셨다.

시간이 한참 지난 어느 날, 나는 선생님께 물어보았다.

"그때 왜 저를 예뻐하셨어요?"

"널 믿었으니까 그랬지."

임만철 선생님은 어떤 상황에서도 학생들을 섣부르게 의심하는 분이 아니셨다. 한번은 여자 화장실에 불이 났는데 다른 선생님들이 내가 화장실에서 담배를 피우다가 불을 낸 거라며 나를 불러다가 다그친 일이 있었다.

"네가 피웠지? 빨리 말 안 해. 이런 싸가지 없는 년, 어디서 함부로 담배를 피워?"

"진짜 제가 그런 거 아니라니까요."

처음 겪는 일도 아니었는데도 이상하게 그날은 더 서럽고 속상했다. 어쩌면 임만철 선생님 앞이라서 더 그랬는지도 모르겠다.

"잠깐, 너 손 좀 내밀어 봐."

잠자코 지켜보시던 선생님이 다가와서 내 손을 쥐고 냄새를 맡으시더니 말했다.

"얘, 아닌데요. 이제 어쩔 거예요? 너 진짜 피운 거 맞아?"

"아니요. 진짜 전 아닙니다."

"손에서 냄새도 안 나고 아무 증거도 없습니다. 얘 아니에요. 넌 얼른 가서 수업 준비해."

학창 시절, 나를 가르쳐준 선생님은 많았지만 나를 믿어준 선생님은 임만철 선생님이 유일했다. 그 뒤에도 나는 존경할 만한 멘토를 많이 만났지만, 방황하던 시절 내가 영영 길을 잃어버리지 않도록 내 앞을 밝혀 준 스승은 바로 임만철 선생님이셨다.

내가 지금은 이렇게 어엿한 강사가 되어 내가 지나온 길을 똑같이 걷고 있는 아이들에게 꿈과 희망을 줄 수 있게 된 것도 어린 시절 그분을 만났기 때문이다.

아무리 감사해도 지나치지 않은 믿음과 위안을 주신 선생님께 다시 한 번 진심 어린 감사의 말을 전하고 싶다.

"선생님, 감사 드립니다. 늘 건강하시고 행복하세요."

예뻐지고 싶은 탈선학생

바쁘게 살다가도 한번씩 어린 시절을 되돌아보면 생생하게 떠오르는 몇몇 장면이 있다. 내 경우, 꽤 오랜 시간이 흘렀는데도 좀처럼 잊히지 않는 사건들이 있는데 그중 하나가 못 생겼다는 이유로 왕따를 당했던 일이다.

지금이야 어디 가도 인물 빠진다는 소리는 듣지 않지만 초등학교 때만 해도 나는 까무잡잡하고 깡마른, 누가 봐도 별로 예쁘지 않은 아이였다. 함께 놀고 싶어도 말도 붙이지 못할 정도로 숫기 없고 소심했던 나는 놀이터에서 아이들이 노는 모습을 보면서도 끼워줄 때까지 기다릴 줄밖에 몰랐다. 서로 장난치며 놀던 아이들이 웃음이라도 터트리면 바보 같이 따라 웃으며 시선을 끌려고 했고, 아이들이 나를 의식하면서도 같이 놀자는 말은 왜 안 해주는지는 몰랐다.

"너는 못생겨서 안 끼워 줄 거야. 너랑 안 놀아."

어떤 사람들은 어린 시절을 구김살 없고 해맑았던 시절로 기억하지만 어떤 사람들은 상처받고 힘겨웠던 시절로 기억한다.

내 경우는 후자에 가까웠다. 그저 철부지 어린 아이의 속없는 말일 뿐이었지만 못 생겨서 안 끼워 준다는 앙칼진 그 말이 나에게는 엄청난 충격이었다. 그렇지 않아도 넉넉하지 못한 집안 사정 탓에 다른 아이들이 입는 옷이나 구두, 타이즈를 부러워해왔던 내게 그 말은 그동안 쌓여 있던 서러움까지 더해져서 도저히 잊혀지지 않았다.

초등학교 시절에는 선머슴 같이 하고 다녔지만 중학교에 올라가서 사춘기를 맞은 나는 예뻐지기 위해 엄청난 노력을 기울였다. 메이크업 베이스나 파운데이션은 물론이고 아이라인까지, 또래 친구들 사이에서 유행하는 화장을 충실히(?) 마스터했다. 덕분에 중학교 때부터 좋아했지만 나를 거들떠도 보지 않았던 남학생으로부터 고백을 받기도 했다. 하지만 막상 그토록 원하던 상황이 되자 그전에 공공연하게 나를 무시했던 기억이 떠올라 결국 보란듯이 그 애를 차버렸다.

어린 마음에 저지른 치기 어린 복수였지만 그 시절 내 모든 행동의 동기는 '분노'였다. 부모님의 경제력이나 외모, 성적 등으로 아이를 규정하고 평가하는 세태에 본능적으로 거부감을 느꼈던 나는 그런 기준이나 시선에서 조금이라도 자유로워지기 위해서 사춘기 소녀가 할 수 있는 갖은 반항을 시작했다.

화장하기, 담배 피우기, 나이트클럽 가기, 밤늦게 집에 들어가기 등, 나는 작정이라도 한듯 하지 말라는 짓만 골라서 했다. 학교 선생님들이나 주변 어른들은 나만 보면 혀를 끌끌 차고 고개를 절레절레 흔들었다.

직접 물어보지는 못했지만 그 선생님들은 아마도 내가 아무 생각 없이 사는 아이라고 여겼을 것이다. 물론 이제 겨우 중학생인데 뭘 기대할 수 있겠냐며 저러다가 정신 차리면 괜찮아질 거라고 감싸주는 분들도 있었지만 '될성부른 나무는 떡잎부터 알아본다, 쟤는 벌써 싹수가 노랗다'면서 엇나간 아이들에게 반항심만 더 키우게 만드는 어른들도 있었다.

지금은 나이를 먹어서인지 그때 당시 어른들의 생각이 이해가 된다. 하지만 그럼에도 불구하고 나는 말이나 행동으로 아이들의 자존감을 짓밟기보다는 아이들에게 목표 의식을 가지고 자신이 좋아하는 일에 도전할 수 있도록 동기를 갖게 해주는 것이 더 바람직하다고 생각한다.

나는 대학교 시절, 한 여자 교수님을 보고 뒤늦게 대학원 진학을 결심했다. 내가 박사과정까지 공부한 것이 그 교수님 덕분이라고 해도 과언이 아니다.

나는 본래 영문과에 진학했다가 친구의 권유로 심리학과 과목을 여러 개 수강했다. 당시 '성 문화와 심리'라는 과목이 있었는데 나는 그 강의를 맡았던 여자 교수님을 유난히 좋아했다. 단정한 트렌

치코트를 입고 007 가방을 들고 다니는 모습이 당시 내 눈에는 너무 멋져 보였다.

물론 옷차림이 마음에 들어서 그 교수님을 좋아한 것은 아니다. 주전공인 영문학 강의보다 심리학 수업을 더 기다릴 정도로 나는 심리학에 빠져 있었는데 교수님까지 좋아서 공부를 더 열심히 하게 되었다. 덕분에 성적도 잘 나와서 나는 운명(?)처럼 대학원에서 심리학을 전공할 수 있었다.

대학원에 다니면서 크고 작은 우여곡절을 겪었지만 대학원 진학은 내가 살아오면서 처음으로 목표의식을 가지고 도전해서 얻어낸 결과였다. 나도 무언가를 해낼 수 있고 인정받을 수 있는 존재라는 것을 처음으로 확인한 것이어서 나에게는 너무나 값지고 소중한 경험이었다.

게다가 박사과정에 진학하는 데 필요한 영어 토플 공부 덕분에 아르바이트로 영어 강사까지 할 수 있었다. 공부를 하면서 돈도 벌수 있었기 때문에 나에게는 일석이조였고 남보다 이른 나이에 경제적으로 독립할 수 있었다.

현재 나는 박사과정을 수료하고 논문 작성과 졸업만을 남겨두고 있다. 지금은 강사라는 또 다른 꿈을 찾아 고군분투하고 있지만 대학원에서 박사과정까지 공부한 것을 무용지물로 만들 생각은 없다. 20대의 절반을 대학원 공부에 바쳤는데 마지막 한 발을 내딛지 않을 이유가 없기 때문이다.

내가 박사학위를 취득하려는 데는 다른 이유가 더 있다. 어떤 친구가 내 소식을 듣고는 "걔가 박사가 된다고? 걔는 천성이 무식해서 안 돼"라고 말했다고 한다. 혹시 그 친구가 이 책을 읽는다면 이렇게 말해주고 싶다. 너의 그 한마디가 나를 자극시켜서 내가 박사가 되었다고.

어린 시절 나는 하도 못된 짓을 많이 해서 '그렇게 살다가 커서 뭐가 될래' 하는 말은 귀에 딱지가 앉도록 들었다. 하지만 지금 나는 방황하는 모든 사람들에게 나의 경험에서 얻은 값진 조언을 해주고 누구보다도 앞장서서 사람들을 행복하고 즐겁게 해주려고 노력하고 있다.

어린 시절의 나를 알고 있는 사람들의 기억을 바꿀 수는 없지만, 예전의 삶이 아닌 전혀 다른 삶을 사는 것은 내 의지와 선택에 의해 얼마든지 가능한 일이다. 만약 예전에 알던 사람이 전혀 다른 사람으로 바뀐 것을 인정하고 싶지 않은 경험을 한 사람이 있다면 예전 모습을 지금의 그 사람에게 비춰봤자 아무것도 얻을 게 없다는 말을 해주고 싶다.

흔히 사람의 천성은 변할 수 없다고 말한다. 물론 전혀 다른 사람으로 변하는 것이 그렇게 쉬운 일은 아니다. 하지만 사람은 누구나 자유의지를 가지고 있고 그렇기 때문에 천성은 변할 수 있다. 만약 누군가가 사람의 천성은 변하지 않는다고 말한다면 그 사람에게는 자유의지가 없다는 것과 같다.

　반대로 사람은 태어나서 죽을 때까지 180번 변한다는 말이 있다. 나는 지금까지 살아온 날보다 앞으로 살아갈 날이 더 많다. 그렇기 때문에 변할 수 있었던 것이고 앞으로도 더 변할 것이다. 과거에 얽매여 있는 사람이 있다면 나를 보고 깨닫기 바란다. 사람은 누구나 변할 수 있고, 그것을 저지하거나 방해하는 것은 남이 아닌 자기 자신이라는 것을.

컨닝으로 1등 되기

살다 보면 특별히 어떤 계기가 있었던 것도 아닌데 어리고 철없던 시절에 저질렀던 실수들이 별안간 떠오를 때가 있다. 어떤 실수는 그저 입가에 잠시 쓴웃음만 지었다가 이내 잊어버리지만 어떤 실수는 지금 생각해도 아찔할 정도로 선명하게 기억 속에 남아 있다. 내 경우에는 '컨닝 사건'이 바로 그랬다. 그때 만약 인생의 귀인을 만나지 못했다면 내 삶이 어떻게 꼬였을지 상상만 해도 끔찍하다.

대학교 3학년 편입 후, 첫 번째 시험에서 나는 교수님과 가장 멀리 떨어진 맨 뒷자리에 앉아 시험을 치렀다. 글씨 쓰는 소리와 시험지를 넘기는 소리만 들릴 뿐 적막하기만 했던 강의실에서 불현듯 교수님의 목소리가 들렸다.

"학생, 시험지 들고 내 연구실로 오세요."

두려움으로 잔뜩 긴장한 채 교수님 몰래 시험지 밑에 감춰둔 컨닝 페이퍼를 보려던 나는 그대로 굳어버렸다. 전문대를 졸업하고 영문과 3학년으로 편입한 후 처음으로 치러진 시험에서 일어난 일이라 눈앞이 캄캄해졌다.

 교수님의 연구실에 가서 불벼락이 떨어지기만을 기다리는데 뜻밖에도 교수님은 혼을 내시지는 않고 대신 자초지종을 듣고 싶어 하셨다. 아마도 두려움 가득한 표정으로 눈치를 보면서 컨닝을 하려던 내가 안쓰러웠던 것 같다.

 '무슨 말을 해도 안 믿으실 거야. 핑계로만 여기시겠지. 그런데 그런 질문을 왜 하시는 거지?'

 나는 교수님들도 중·고등학교 선생님들처럼 무서울 거라고 생각했다. 전문대학교를 졸업하기는 했지만 교수님들과는 거의 왕래할 기회가 없었다. 졸업을 할 수 있었던 것도 학교 홍보도우미를 한 공로로 간신히 기본 학점만 겨우 받아서 한 것이기 때문에 내 머릿속에 각인되어 있는 교수님이란 다그치고 질책하고 호통만 치는 무서운 이미지였다.

 그런데 그 교수님은 내 예상과는 전혀 달랐다. 내가 입을 열 때까지 기다려주신 것은 물론이고 어깨도 두들겨 주시면서 무슨 이유로 페이퍼를 만들었는지 듣고 싶다고 하셨다.

 "시험을 잘 보고 싶었습니다."

 나는 잔뜩 기어들어가는 목소리로 이마에 식은땀까지 흘리면서 겨우 한마디를 했다. 그러고는 교수님을 바라볼 엄두도 나지 않아 고개를 푹 숙인 채 말했다.

"시험공부는 어제 밤을 세워가며 열심히 했는데 편입하고 나서 처음 보는 시험이라서 정말 잘 보고 싶어서 불안한 마음에 페이퍼를 만들었습니다. 하지만 보신 내로 시험지 밑에 숨겨놓기만 했지 그걸 보고 답안지를 적지는 않았습니다. 가만히 내 말을 듣고 계시던 교수님은 새 시험지를 가져오셔서 다시 시험을 보라고 하셨다. 시험지를 받아든 나는 답을 써내려갔고 결과는 모두 정답이었다.

교수님은 아무 말 없이 내 답안지를 보시고는 고개만 끄덕이셨고, 왜 영문과에 편입을 했는지 궁금하다고 하셨다. 그래서 전문대학교를 졸업하고 4년제 대학에 편입하기까지 겪었던 일들에 대해 말씀드렸다.

'전문대를 졸업한 후 아무것도 할 줄 아는 게 없었던 나는 연예인이 되겠다고 서울에 올라가 오디션을 봤다. 데뷔할 수 있는 길을 찾아다니다가 내가 만난 사람은 가수를 시켜주겠다며 접근한 사기꾼이었다.

결국 서울 생활을 정리하고 전주로 내려가 K방송사에서 공채 리포터로 들어갔지만 4년제 대학도 못 나왔다며 뒤에서 수군거리는 것이 너무 싫어서 다시 공부를 시작했다. 지푸라기라도 잡는 심정으로 가장 좋아했던 영어를 선택해 영문과 편입 시험을 치렀고 여기까지 오게 되었다'고 말씀드렸다.

가만히 듣고 있던 교수님이 갑자기 내 손을 덥석 잡으시더니 말씀하셨다.

"내가 다 안다. 사실 그동안 너를 계속 지켜보고 있었거든. 수업 시간에 항상 앞자리에 앉아서 성실히 수업을 듣던 네가 컨닝 페이퍼를 만든 걸 보고 이유가 궁금해지더구나. 공부를 안 한 것도 아니고, 시험을 잘 보고 싶어서 그런 것이라니 너무 걱정하지 말아라. 너는 꼭 크게 될 거야. 이 선생님이 응원할게. 그리고 그 컨닝 페이퍼도 공부한 친구들이 만드는 것이지 공부도 안 한 친구들은 만들지도 못하는 거야."

그 말을 듣는 순간, 나는 그만 엉엉 울고 말았다. 그리고 난생 처음으로 공부를 정말로 열심히 해보고 싶어졌다. 그렇게 마무리된 컨닝 페이퍼 사건을 계기로 나는 공부 한번 원 없이 해보자는 계획을 세웠다.

그 뒤부터 나는 복수 전공으로 심리학 수업을 들었고, 점심시간도 쪼개 가며 영어단어를 외우고 도서관에 박혀 살면서 영문학 수업에도 뒤처지지 않게 신경을 썼다. 또 매일 아침 7시면 학원에서 토익 기초문법 수업을 들었고, 끝나면 학교에 가서 강의를 듣고 다시 학원으로 돌아와 저녁 RC/LC 수업을 들었다. 그렇게 피나는 노력을 한 결과 나는 다음 학기 시험에서 100점을 맞을 수 있었다(지금은 A·B·C로 학점을 매기는 제도지만 내가 학교 다녔을 때는 채점 방식이 달랐다).

100점을 맞은 것도 기뻤지만 그보다는 나 스스로 공부해서 그렇게 좋은 점수를 받은 것이 처음이었기 때문에 더 영광스럽고 뜻 깊었다. 더구나 그 교수님의 도움으로 영문과를 무난히 졸업하고 대학원까지 진학할 수 있었으니 교수님은 내 인생에서 귀인이 아닐 수 없다.

대한민국에 컨닝하는 학생을 1등으로 만든 교수님이 과연 몇이나 있을까. 나도 상담을 하면서 탈선학생, 꼴등학생들을 만날 때마다 그때의 '컨닝 페이퍼 사건'이 생각나서 더 진심을 담아 상담하게 된다.

내 인생의 터닝 포인트라고도 할 수 있는 그 사건이 일어난 후 꽤 긴 시간이 지났지만 지금도 나는 그때 일이 떠오를 때마다 아찔함과 감사함을 동시에 느끼게 된다. 제자의 철없는 실수를 나무라기보다는 믿어주시고 기회를 주신 교수님이 계셨기에 지금 나도 학생들에게 확신있게 말할 수 있다.

"지금 꼴등이 나중 일등이 될 수 있다고."

늦었지만 더할 나위 없이 훌륭한 스승의 본을 보여주신 교수님께 진심으로 감사 인사를 드리고 싶다.

"소수만 교수님, 사랑합니다. 교수님은 세상에서 가장 훌륭한 스승님이십니다."

제 2장

나를 응원해주는
내 편을 만들어라

꿈이 실현되다

책을 쓰다 보니 나에 대해 새삼 깨닫게 되는 부분이 있다. 그것은 내가 인복人福이 많다는 것이다. 인간의 삶에는 다양한 복이 있지만 그중 가장 부러운 것이 인복이라고 한다. 그런 면에서 보면 나는 다른 사람이 부러워할 만한 복을 타고난 것 같다.

이 책에는 나와 인연이 닿은, 많은 귀인들에 대한 이야기가 나오지만 그중에서도 정진일 교수님과의 인연은 특별히 감사한 인연이다. 교수님은 심리학도인 내가 강사가 되는 길을 열어주신 분이다. 나는 아직도 처음 교수님의 강의를 들었던 날의 흥분을 잊을 수 없다.

그날 나는 강의 시간 내내 심장이 쿵쾅거리고 눈 밑이 떨리고 몸에서 열이 나는 느낌을 받았다. 어디가 아파서가 아니라 내가 꿈꿔오던 모습을 한 교수님을 뵙고서 나도 모르게 흥분한 것이었다.

나는 그날 처음으로 사람의 말이 그토록 진정성과 설득력을 가질 수 있다는 것을 알았다. 아무런 연고도, 일면식도 없는데도 결례를 무릅쓰고 나는 간절한 마음으로 교수님을 찾아갔다.

"강사가 되고 싶은데 어떻게 하면 될까요? 제발 저를 도와주세요."

"왜 강사가 되고 싶은데요?"

"잘하고 싶고 좋아하는 일을 하고 싶어서요. 지금까지는 꼴등만 했지만 제 일에서만큼은 1등이 되고 싶어요."

2년 전에 출간한 ≪꿈이 없는 놈, 꿈만 꾸는 놈, 꿈을 이루는 놈≫이란 책에서 교수님은 내 첫인상이 무언가 할 말이 많은 얼굴이었다고 하셨다. 교수님이 책에 언급하신 대로 그 당시 나는 전공 교수님과의 사이가 좋지 않았고, 진로에 대해서도 심각하게 고민하고 있었다.

강사가 되고 싶은 마음이 있어서 나는 기회가 있을 때마다 밖으로 나가려고 했다. 하지만 전공 교수님은 내가 대학원에 남아서 연구하고 박사논문까지 마치기를 원하셨다. 다른 일 같았으면 하고 싶은 대로 했겠지만 소망과 열정을 가지고 어렵사리 해온 심리학 공부인만큼 전공 교수님과의 관계도 원만하게 마무리하고 싶었기에 고민만 깊어가던 참이었다.

그날 나는 한옥마을의 한 커피숍에서 레몬티 한 잔을 시켜 놓고 교수님과 마주 앉아서 많은 이야기를 나누었다. 처음 만난 사이였는데도 정진일 교수님은 한참 동안이나 내가 하는 이야기를 들어

주셨다. 그 따뜻한 눈빛에 나는 '심리학을 너무 좋아하지만 그 분야에서는 베스트가 될 수 없을 것 같다'고 아무에게도 털어놓지 않았던 나의 깊은 속내를 처음으로 털어놓았다.

"진로는 언제든지 바뀔 수 있는 거라고 생각해요. 나만 해도 10년에 한 번씩 직업을 바꿨지요. 교수님의 반대가 마음 쓰이는 것은 이해하지만 박사과정을 포기하겠다는 것도 아니니까 잘 말씀드리면 이해하실 거예요. 무엇보다 제가 이야기해보니 확실히 강사 자질이 있으시네요. 본격적으로 시작하시면 아주 잘하실 것 같은데요. 혹시 교수님께 혼자 말하기가 어려우면 제가 도와드릴까요?"

교수님의 그 말씀에 나는 기쁘고 놀랍고 설랬다. 요즘 같은 세상에 남의 일, 그것도 처음 만난 사람의 일을 도와주겠다고 선뜻 나서 주는 분을 만난다는 것이 절대 흔한 일이 아니기 때문이었다.

그리고 솔직히 고백하자면, 내가 하고 싶은 일에서 그런 칭찬을 들은 것이 그때가 처음이었다. 그것도 롤모델인 교수님에게 받은 진심 어린 칭찬이어서 감동이 더 컸다.

"스스로 김미경 강사처럼 될 수 있다는 확신을 가지고 도전하세요. 그러면 분명히 좋은 결과가 있을 겁니다."

다음 날 나는 정진일 교수님의 격려 덕분에 용기를 내서 전공 교수님을 찾아가서 내 계획을 말씀드렸다.

교수님은 예상했던 대로 처음에는 탐탁지 않아 하셨다. 하지만 내 뜻이 확고하다는 것을 알아차리고는 결국 너라면 잘할 것 같다는 말로 응원해주셨다.

그 후 나는 말 그대로 물 만난 고기처럼 온 사방을 활보했다. 잘 되면 대박이고 안 되면 쪽박이라는 마음으로 교육 컨설턴트 회사를 차렸고, 주변에서는 그런 나를 실천력, 추진력에 있어서는 아무도 따라갈 사람이 없을 거라며 놀라워했다.

정진일 교수님과는 멘토와 멘티가 되어 조언과 격려를 아끼지 않는 사이가 되었다. 교수님 덕분에 오랫동안 목말라 했던 애정 어린 관심과 사랑을 받아 나는 지금 그 어느 때보다도 행복하다.

교수님은 나에게 마음을 움직여 행동할 수 있게 해주는 것이 진정한 멘토의 자질이라는 것을 알게 해주셨다. 또 남의 눈치만 보다가 해야 할 일을 못하게 되는 불상사가 일어나지 않도록 열정과 자신감만 있다면 빨리 실천해야 한다는 것도 교수님을 통해 배울 수 있었다.

물론 대다수의 사람들은 그렇게 무작정 찾아가는 것은 실례다. 그리고 찾아간다고 매번 일사천리로 일이 진행되는 것도 아니지 않느냐고 반문할 수 있다. 하지만 강사가 되고 나서 보니 사람들이 나를 찾는 이유가 바로 나의 그런 적극적인 행동력 때문이라는 걸 알게 되었다.

나하고 같이 일하는 사람들은 어쩌면 그렇게 재빠르게 일을 처리해 나갈 수 있냐며 혀를 내두르곤 한다. 나는 그럴 때마다 '저질

러라, 두드리고 찾아가라, 멘토를 붙잡아라, 그러면 원하는 것을 얻을 수 있다'고 대답해준다.

정진일 교수님만큼은 아니지만 가끔은 내 강의를 듣고 희망과 용기를 얻었다며 개인적으로 연락하시는 분들이 많다. 특히 아이들이 내 강의를 듣고 선생님 덕분에 자기 인생이 바뀌었다며 좋아하는 모습을 보면 벅찬 기쁨과 보람을 느낀다.

남녀노소를 막론하고 내 강의를 듣고 뜨거운 눈물을 흘렸다는 분들이 많다. 나는 그 이유가 그분들이 눈물을 흘려봤고 간절해봤기 때문이라고 생각한다. 사람은 무언가가 절실하면 심장이 뜨거워지기 마련이다. 그러면 그 뜨거워진 심장이 엔진 역할을 해서 자신의 꿈을 이루기 위해 실천하고 행동할 수 있게 하는 것이다.

사람은 누구나 마음이 있고 그 마음에는 엔진이 있다. 원하는 것을 얻으려면 마음의 엔진을 작동시켜 행동하라. 자신의 능력을 믿고 노력하는 사람에게는 세상이 가장 좋은 것으로 보답할 것이다.

선생님, 저 심리학과 갈래요

 지금까지 살면서 내가 한 일 중에 제일 잘한 일은 대학원에서 심리학을 전공한 것이다. 덕분에 나는 사람의 심리를 잘 이해할 수 있게 되었고 대학원에서 배운 전공 지식도 귀중한 자산이 되었다.

학부 시절, 나는 심리학 수업을 꽤나 열심히 들었다. 그중에 '심리학의 이해'라는 강의가 있었는데 심리학이 어떤 학문인지 개괄적으로 가르쳐 주는 수업이었다. 나는 그 강의를 유난히 좋아했는데 담당 교수님 때문이었다.

전북대학교 심리학과 박사과정을 밟고 있던 그 교수님은 자칫 어렵게 받아들일 수도 있는 심리학을 너무나 쉽고 재미있게 설명해주셨다. 그 덕분에 나는 심리학에 푹 빠져들었다.

나도 그 선생님처럼 심리학을 제대로 한번 공부해보고 싶어서 귀찮을 정도로 쫓아다녔고, 어떻게 하면 전북대학교 대학원에 들어갈 수 있는지를 집요하게 캐묻기도 했다.

처음에는 너무 적극적인 내가 부담스러워서 눈만 마주쳐도 불편한 기색을 보이셨다. 학생이 물으면 알려줄 수도 있는 것 아니냐고 생각하겠지만, 수업 중에도 창밖에서 서성이며 시선을 끌려는 학생이 있다면 나 같아도 부담스러웠을 것이다.

어쨌든 나는 학부 시절 내내 그 선생님을 쫓아다니며 전북대학교 대학원에 입학할 수 있는 비법(?)을 알려달라고 졸라댔다. 대학원 지원 날짜가 다가올 때는 마음이 조급해서 하루가 멀다 하고 선생님께 전화해서 생떼를 부렸다.

"선생님, 저 진짜 가고 싶어요. 정말 심리학과 가고 싶어요."

결국 선생님은 내 성화에 못 이겨서 항복하고 말았다.

"이것만 보면 합격할 거야."

선생님의 호출에 한달음에 달려간 내게 선생님은 양팔 가득 족보를 건네주셨다. 심리학을 공부하고 싶다는 일념 때문에 4년 내내 내가 그렇게 괴롭혔는데도 나를 도와주신 선생님께 큰절이라도 올리고 싶은 마음이었다.

비록 특별전형에서는 떨어졌지만 열심히 공부한 끝에 나는 결국 일반전형에 합격했다. 합격 사실을 확인하자마자 내가 제일 먼저 소식을 전한 사람은 바로 그 선생님이었다.

"이제 심리학 공부 원 없이 할 일만 남았네."

자기 일처럼 기뻐해주시던 선생님의 목소리를 나는 아직도 생생하게 기억한다. 선생님은 내가 입학하고 나서도 변함없이 챙겨주시며 심리학이란 학문을 제대로 공부할 수 있게 이끌어주셨다. 그런 선생님이 계셔서 나는 순수한 마음을 가진 사람이 계산하지 않고 다른 사람을 도울 수 있다는 것을 깨달을 수 있었다.

대학원에 입학하고 박사과정을 수료하기까지 꽤 긴 시간이 흘렀지만 지금도 나는 스승의 날과 추석, 설날이면 선생님을 잊지 않고 찾아뵙는다.

"이제 그만해도 돼. 너 그만 하면 할 만큼 했어."

"선생님 덕분에 하고 싶은 거 하면서 사는데 아직 멀었죠."

"네가 잘해서 들어간 건데 그게 왜 내 덕이야."

푸근한 인품과 더없이 선한 성품을 가진 선생님을 만났기에 나는 인생의 새로운 발판을 마련할 수 있었다. 내가 좋아서 시작한 공부였지만 때때로 버거웠던 것도 사실이다. 하지만 선생님의 따뜻한 위로, 격려 한마디면 없던 힘도 다시 생기곤 했다.

나와 인연이 닿는 아이들에게 나의 말 한마디가 어떻게 영향을 미칠 수 있는지를 깨달을 수 있었던 것도 다 선생님 덕분이었다. 대학원 입학부터 박사과정 수료까지 나에게 너무나 많은 도움을 주셨던 박경훈 선생님, 굳이 확인할 필요도 없이 내가 그랬던 것처럼 선생님으로부터 많은 학생들이 도움을 받았을 것이다.

일부에서 벌어지는 일이긴 하지만 요즘 뉴스를 보면 사제지간의 도리가 무너지는 현장을 종종 목도하게 된다. 교육이 서비스화되어서 교권이 추락했다는 말이 들리는 것도 어제오늘의 일이 아니다. 학교선생님은 아니지만 나도 어린 학생들을 가르치고 아이들의 고민을 들어주는 일을 하는 사람이어서인지 남의 일로만 여겨지지는 않는다.

지금까지 학생들과 심각한 갈등을 겪은 적은 없다. 하지만 만약 그런 일이 발생한다면 나는 그 아이가 무엇을 원하고 있고 내가 무엇을 해줄 수 있는지를 가장 먼저 생각해보려고 한다. 그것이 아무런 대가도 없이 나에게 관심과 애정을 보여주신 박경훈 선생님과의 인연에 대한 최소한의 도리라고 생각한다.

어쩌면 잠시 스쳐 지나가는 인연일 수도 있었던 선생님이 나를 돌아봐주셨기에 나는 참 스승을 얻었고, 지금도 그런 분을 만날 수 있었던 내 삶에 감사한다. 나 또한 앞으로 많은 학생들을 만날 것이고 조건 없이 베풀어 주셨던 그 선생님의 마음 그대로 아이들을 대한다면 그들의 삶에 조금이라도 도움이 되지 않을까.

한 가지 더 바라는 점은 박경훈 선생님의 도움으로 할 수 있었던 심리학 공부가 내 강연을 듣는 모든 분들에게 도움이 되길 바란다. 그리고 내가 쓴 책이 출간되었다는 소식이 들리면 반드시 읽어보실 선생님께 이 자리를 빌려 말로 다할 수 없는 감사의 마음을 전하고 싶다.

언제나 아현 샘을 응원합니다

 살다 보면 만난 지 얼마 되지 않았는데도 고맙고 소중한 인연을 만나는 경우가 있다. 내 경우 조석중 대표님과의 인연이 그렇다. 그분을 처음 만나게 된 것은 리더스 클럽이라는 독서 모임에서였다. 박사과정까지 공부하면서 독서가 취미가 된 덕분에 나는 대표님을 비롯해 여러 좋은 인연들을 만날 수 있었다.

지인의 권유로 참여하게 된 리더스 클럽에서 나는 매주 독서 토론을 할 수 있었다. 책을 읽는 사람들의 모임이라는 타이틀에 맞게 회원들은 책 읽기를 즐기는 분들이었고 우리는 책이 가지는 가치와 영향력에 대해 종종 이야기를 나누었다.

"우리 때만 해도 책 읽는 사람들이 꽤 많았는데 요즘은 TV 채널도 많고 스마트폰도 있어서 사람들이 점점 책을 안 읽는 것 같아요."

"그래도 독서를 통해서 얻게 되는 가치가 있으니까 그런 장점에

주력해서 책을 만들면 돌파구가 있겠죠."

디지털의 편리함에 익숙해진 현대인들에게 아날로그식 독서 문화는 지루하고 따분하게 느껴질 수 있다. 하지만 나는 독서야말로 우리에게 가장 필요한 경쟁력을 쌓을 수 있는 좋은 방법이라고 생각한다.

현재 초·중·고 아이들의 교육과정만 살펴보더라도 아이들이 필수적으로 가져야 할 역량이 자기 의견을 창의적이고 논리적으로 표현할 수 있는 능력이라는 것을 알 수 있다. 디지털 기술이 가져다준 편리함과 기발한 발상도 충분히 가치 있는 것이지만 나는 독서를 통해 얻어지는 다양한 지식과 세상에 대한 통찰력 또한 개인의 삶은 물론 사회 전체의 발전에도 유용성을 가지고 있다고 본다.

현재 우리 교육이 오직 입시만을 위한 일종의 서비스로 전락했다는 비판을 받고 있지만 입시제도에서조차 논술 등을 통해 글쓰기 능력이 중시되고 있는 것만 봐도 독서를 통한 사고력, 논리력 증진은 경쟁력 강화에 필수 항목이다.

내가 평소에도 그런 생각을 해왔기 때문에 조석중 대표님을 처음 만날 때부터 자연스럽게 호감을 느꼈다. 좀 더 가까워진 뒤에는 그분의 인품에 존경심마저 갖게 되었다.

"지혜의 숲이라는 곳이 구체적으로 뭐하는 곳인가요?"

"배움을 공유하고 실천하고 나누는 곳입니다."

지금이야 나눔의 실천이 얼마나 값지고 중요한 것인지 알지만 그때만 해도 나는 배움을 공유한다는 개념이 낯설었다. 무언가를 배우기 위해 돈을 내고 강의를 듣고 자격증과 수료증을 취득하는 것에 익숙해 있던 내게 조석중 대표님의 말은 신선한 충격이었다.

"이 책도 가져가서 읽어보세요. 이 자료도요."

더 자세히 이야기할 기회가 있겠지만 명상 프로그램인 MBSR을 접하게 된 것도 그분을 통해서였다. 나라면 애쓰고 수고해서 모은 자료들을 선뜻 남한테 줄 생각을 하지 못했을 텐데 대표님은 그야말로 아낌없이 주는 나무처럼 내어주고 또 내어주셨다.

"저도 사람인지라 실수도 하고 부족한 면이 많지만 요즘은 인간관계가 너무 힘들어서 고민이 많아요."

조석중 대표님에게 내가 받은 도움은 기꺼이 건네주시는 책과 자료들뿐만이 아니었다. 이런 저런 사업을 하면서 알게 되는 사람들과 겪었던 궂은 일을 털어놓았을 때 대표님은 안타까워하시며 말씀하셨다.

"앞으로는 잘 되실 겁니다. 성공하시면 좋은 일 많이 하면서 사세요. 그러면 주변 사람들이 먼저 진심을 알아줄 거에요."

현재 밟고 있는 강사 심화과정에서도 대표님의 도움을 받고 있다. 나는 그 분의 가르침을 통해 배울 수 있는 것에 대한 감사와 행복, 고마움을 느끼고 있다. 더군다나 한번도 내가 강의하는 것을 본 적이 없는데도 큰 무대에서 강의할 수 있는 기회를 주셨을 때는 놀라지 않을 수 없었다.

"뭘 믿고 저한테 이런 기회를 주세요? 대표님 체면도 있으신데 제가 잘하지 못하면 어떻게 하시려구요."

"저를 좋아하시니까 제 체면 깎지 않으려고 더 잘해 주실 거잖아요. 잘하실 수 있을 겁니다. 해 보세요."

대표님이 주신 천금 같은 기회와 응원 덕분에 나는 360명의 학생들을 모아 놓고 성공적으로 강의를 할 수 있었다. 덕분에 강의가 끝난 후에는 더 잘할 수 있다는 자신감도 갖게 되었다.

어린 시절의 내가 지금의 나를 본다면 믿기 어려울 정도로 많은 분들의 조력을 받고 있다. 어떤 사람들은 그저 운 좋게 됐을 뿐이라고 할지 모르겠지만 나에게 이런 기회가 주어진 것은 베풀고 나누면서 살라는 하늘의 섭리 때문이 아닐까 생각한다.

오늘 내가 알게 된 것, 배우게 된 것을 매일 정리해 보세요. 재능도 훌륭하지만 그것에 빌붙어 살지 말고 매일매일을 뜨겁게 살아가십시오. 아현 강사님을 보면 처음 만났을 때가 생각납니다. 큰 눈망울로 죽을 힘을 다해 강의하고 싶다고 하셨지요. 그 첫 만남은 정말 드라마틱했습니다. 내일도 멋진 드라마처럼 빛나게 살아가시기 바라며 나는 아현 샘을 언제나 응원합니다. ^^

대표님이 보내시는 카톡 메시지는 언제나 따뜻한 응원의 글이다. 그 덕분에 나는 동기부여가 되고 꿈을 향한 열정을 더욱 얻게 된다. 조석중 대표님을 비롯해서 내 인생의 은인들이 대가 없이 주신 도움을 가장 가치 있게 갚는 방법은 그분들이 그랬듯이 나 또한 누군가의 인생에 한 줄기 빛이 되어주는 것이다.

누구보다 반가운 마음으로 이 책을 읽으실 나의 멘토, 스승, 은인 분들에게 그런 날이 올 때까지 최선을 다해 노력할 것을 약속드린다.

저도 책을 쓰고 싶어요

이 책은 내 이름으로 출판하는 첫 책이다. 처음 책을 쓰고 싶다고 생각했을 때, 한편으로는 과연 해낼 수 있을까 의구심이 들었다. 하지만 아빠에게 내가 쓴 책 한 권을 꼭 손에 들려주고 싶다는 간절한 바람이 있었고 주변 분들의 응원 덕분에 용기를 낼 수 있었다. 그중에서도 유길문 회장님은 한결 같은 응원을 해주시는 나의 책 쓰기 코칭 스승이시다. 회장님 덕분에 나는 태어나서 처음으로 책 쓰기에 도전할 수 있었다.

열정과 에너지의 대명사 아현 샘!
강의도 아주 많이 하고 코칭도 많이 하면서 눈코 뜰 새 없이
바쁜 와중에도 책 쓰기에 도전하는 모습이 감동으로 다가옵니다.
책 쓰는 일이 만만치는 않지요?
힘든만큼 가치 있고 보람있을 거예요.
아현 샘에게 자신의 이름으로 된 책 한 권을 갖게 된다는 의미는

마치 비밀 병기를 장착하는 것과 같은 일일 거예요.

출간을 계기로 샘은 멋지게 날아올라 비상할 겁니다.

얼마 남지 않았다니 멋지게 마무리하시기 바랍니다.

아현 샘, 파이팅입니다!

어떤 종류의 책이든 책을 쓴다는 것은 세상에 하고 싶은 말이 있다는 뜻이다. 처음 내가 책을 쓰고 싶었던 동기는 아빠로부터 나왔지만 궁극적으로는 글을 써서 세상에 내가 하고 싶은 말을 하고 싶었다.

강의와 상담, 각종 행사의 사회 보는 일에다가 교육 컨설팅 회사까지 워낙 벌려놓은 일이 많아 눈코 뜰 새 없이 바쁘지만 나는 억지로라도 시간을 쪼개가며 글을 썼다. 집과 사무실 책장에 꽂혀 있는 수많은 책들을 볼 때마다 내가 그 책들을 읽으면서 얻었던 지식과 지혜, 감동이 떠올랐다. 내가 독서를 통해 얻은 것이 컸던만큼 글 쓰는 일을 절대 가볍게 여기지 말자고 다짐했다. 왜냐하면 내가 글쓰기를 업으로 하는 사람도 아닐 뿐더러 유길문 회장님의 말처럼 지난 몇 달간 책을 쓰는 작업이 얼마나 힘든지를 제대로 실감했기 때문이다.

가슴 속에 차곡차곡 쌓아뒀던 말을 꺼내놓는 것조차 벅차하는 나에게 유길문 회장님은 독자들과 소통하기 위해서는 개인적인 경험을 꺼내와서 다른 사람들도 공감할 수 있는 메시지로 풀어낼 수 있어야 한다고 조언해 주셨다. 일방적인 넋두리만 늘어놓아서는 아무런 감동도 줄 수 없다는 말이었다.

한글을 읽고 쓸 줄 안다고 해서 누구나 저자가 될 수 있는 것은 아니듯이 나 역시도 쉽지 않은 작업이었다. 책 쓰기 코칭 수업을 듣는 동안 나는 한 사람의 저자가 되기 위해서 어떤 자질을 갖춰야 하는지를 진지하게 고민했고 필요한 지식과 스킬을 익히기 위해 노력했다.

이런 이야기를 하는 이유는 내가 이 책을 단순히 커리어를 높이기 위한 구색 맞추기용으로 쓴 것이 아니라는 말을 하고 싶어서다. 내가 이 책에서 철없던 시절의 부끄러운 모습은 물론 지금의 나를 둘러싼 곱지 않은 시선들에 대해서도 숨김없이 털어놓는 이유는 나를 있는 그대로 드러내고 나 스스로 그런 나의 모습까지도 끌어안고 싶어서였다.

유길문 회장님의 메시지처럼 정말 이 책이 내 비밀병기가 되어 줄 수도 있을 것이다. 하지만 나는 그것보다 이 책이 내가 세상을 향해 하고 싶었던 말을 전달해주는 통로의 역할을 제대로 해줄 수 있기를 바란다. 그리고 내 책을 읽은 독자들이 아주 잠깐이라도 삶에 대한 기대와 희망을 품을 수 있게 되기를 기대한다.

아무것도 내세울 것 없고 자격지심과 콤플렉스로 똘똘 뭉쳐 있던 내가 마인드 뷰티에 대해 이야기하고 꿈과 희망에 대한 글을 쓸 수 있게 된 것은 나를 알아주고 인정해주고 지지해준 고마운 분들을 만날 수 있었기 때문이다.

　그래서 이 책을 읽는 독자들을 모두 일일이 만나기는 어렵겠지만, 과거에 어떤 사람이었고 현재 어떤 상황에 처해 있든 내가 그 분들의 꿈을 응원하고 지지하겠다는 말을 드리고 싶다.

　그리고 그 분들이 살아가면서 갖게 되는 삶의 문제들에 대한 답을 찾는 데에도 내 책이 자그마한 도움이 되었으면 좋겠다. 그것이 내가 이 책을 쓰는 궁극적인 이유이며 결과적으로 내가 책들을 통해 얻은 깨달음과 교훈을 세상에 돌려주는 일이기 때문이다.

조건 없는 믿음

전주에는 전라북도 최초의 심리상담센터가 있다. 이선미 소장님이 대표로 계시는 '조우심리상담센터'로 그 센터는 나와도 각별한 인연이 있다. 대학원에 다니는 동안 그곳에서 인턴 생활을 했고 그 후에도 오랫동안 몸담았던 곳이기 때문이다.

그 인연은 조금 특별했다.

대학원에서 심리학을 전공하고 나서 상담을 시작하기 위해서는 누구나 1년 동안의 수련기간을 거쳐야 한다. 대개는 다른 수련원에서 수련 과정을 밟아야 하지만, 조우심리상담센터에서 인턴 과정을 밟을 경우에는 그것만으로도 수련 기간으로 인정되었기 때문에 대학원생들 사이에서 인기가 높았다.

나는 대학원은 심리학과였지만 학부는 아니었기 때문에 조우심리상담센터에 채용될 가능성은 거의 없었다. 그런데 신기하게도 센터에서는 나와 다른 석사 동기 오빠 한 명을 인턴으로 채용했다.

한참 시간이 지난 지금까지도 나는 '왜 나를 뽑았을까' 하는 궁금증을 가지고 있다. 나보다 더 지식과 경험이 많은 사람들이 많았을 텐데 무슨 이유로 나를 선택했을까 하는 의문이 들었기 때문이다. 하지만 한번도 직접 여쭤보지는 않았다. 내가 센터에 있는 동안 이선미 소장님이 보여주셨던 믿음과 신뢰가 그 답이라고 생각했기 때문이다.

센터에 출근하기 시작했을 무렵 나는 다른 사람들이 내 과거 행실에 대해 수군댄다는 것을 눈치 챘다. 지금은 달라진 것처럼 보여도 어릴 때는 사고 뭉치였고, 지금도 일을 잘하는 것은 아니라는 것이었다.

나는 그들이 지금은 고정관념이나 편견을 가지고 나를 보지만 시간이 지나면 차차 나아질 것이라고 생각했다. 하지만 그것이 그리 쉽게 풀릴 일이 아니었다. 나는 이런저런 이유로 트러블을 겪어야 했고 사람들은 점점 더 나를 꺼리기 시작했다. 그런데도 소장님은 나를 감싸주셨고, 잘못을 저질렀을 때에도 한결 같이 격려해주시곤 했다.

"조금만 더 침착하게 다시 해 봐"하면서.

지금 생각해도 나의 무엇을 보고 그렇게까지 배려해주신 건지 잘 모르겠다. 하지만 어찌 됐든 소장님은 내 재능을 보셨고 그 재능을 살릴 수 있을 때까지 몇 년을 기다려주셨고, 인턴을 마치고 난 후에도 보조 강사로 일하면서 상담할 수 있도록 기회를 주셨다.

사실 그런 기회가 내겐 너무나 간절했지만 아무도 주지 않았던 기회였다. 어쩌면 그때 그런 기회가 내게 오지 않았다면 지금의 나는 없었을지도 모른다. 이유는 명확히 알 수 없지만 꾸준히 나에게 호의를 베풀어 주신 소장님 덕분에 나는 사람에 대한 믿음, 신의를 가질 수 있게 되었다. 지금도 내가 그렇게 오랫동안 소장님 그늘 아래 있었던 것에 감사하고 있다.

지방에 있는 상담센터여서 전국적으로는 잘 알려진 곳이 아니지만 적어도 전주에서만큼은 '조우심리상담센터'에서 9년 동안 일했다는 것이 누구나 고개를 끄덕일 만큼 인정받을 수 있는 일이다.

센터의 대표이신 이선미 소장님은 전주에서 상담을 잘하시는 분으로 유명하다. 그 정도 명성을 얻은 분들이라면 어느 정도 자기중심적인 경우가 많은데 소장님은 늘 겸손하시고 어린 사람들까지도 존중해 주셨다. 정말 빈말이 아니라 나는 소장님을 뵐 때마다 보호받고 사랑받는 듯한 느낌을 받는다. 그리고 그런 느낌이 우리 삶에서 얼마나 중요한 것인지를 새삼 깨닫게 된다.

내가 센터를 그만둔 후에도 소장님은 아직도 나를 직원인 것처럼 살뜰하게 챙겨주신다. 어디를 가더라도 거기서 내 이야기가 나오면 말 한마디라도 좋게 해주신다는 말을 듣고 나는 이런 분이 또 계실까 싶어서 정말 감사하다.

지금은 강사라는 꿈을 향해 달리고 있지만 소장님을 통해 배운 상담가로서의 자세와 마음가짐은 지금도 나에게 많은 도움이 된다. 언제 어느 때 찾아 봬도 한결같은 배려와 위안을 주시는 분, 굳이 묻지 않아도 믿음과 신뢰로 만 가지 말을 대신 하시는 분, 이선미 소장님이 계셨기에 나는 실망과 좌절도 견딜 수 있는 힘을 얻었다.

사회생활이라는 것이 때로는 팍팍하고 무서울 수 있지만 소장님의 경우처럼, 특별한 이유 없이도 나를 믿어주고 격려해주는 분들을 만나는 통로가 되기도 한다. 언제가 될지는 모르겠지만 내가 유명 강사가 되었을 때 소장님께 달려가서 감사 인사를 할 수 있게 되길 진심으로 바란다.

또한 소장님이 내게 보여 주신 믿음, 신뢰, 호의가 내 선에서 끝나는 것이 아니라 나를 통해 좀 더 많은 사람을 이롭게 하는 밑거름이 될 수 있기를 간절히 바란다.

혼자 서는 마음 훈련법

누구나 살아가면서 외로움을 느끼는 순간이 있다. 외롭다는 말의 사전적 의미는 '홀로 되어 쓸쓸한 마음이나 느낌'이다. 그런데 살다보면, 혼자가 아니라 많은 사람에게 둘러싸여 있어도 외로울 때가 있다. 어린 시절의 나는 그런 쓸쓸함, 헛헛함을 달래는 것이 버거웠다. 언제나 나는 누군가의 관심과 애정을 갈구했고 어떤 경우에도 내편이 돼 주는 사람을 이상형으로 꼽았다.

지금 나는 어느 때보다 많은 사람들을 만나고 있다. 내가 할 수 있는 일이 있고 나를 필요로 하는 곳이라면 어디라도 달려가서 사람들을 만나고 그들과 인연을 맺는다. 나는 현재 하고 있는 일을 무척이나 사랑하고 이 일을 할 수 있다는 것만으로도 너무나 감사하다. 단순히 좋아하는 일이 아니라 내가 잘할 수 있고 다른 사람에게도 도움을 줄 수 있는 일이기 때문이다.

하지만 여러 사람들과 일하다 보니, 때로는 나를 당황하게 하고 난감하게 하는 사람을 만나기도 한다. 누구나 그렇겠지만, 나도 그런 일을 겪을 때마다 마음을 추스르기가 쉽지만은 않다. 왜냐하면 나는 다른 사람과 언쟁을 벌이고 대립하는 것을 천성적으로 싫어하기 때문이다. 그러다 보니 정작 당사자 앞에서는 하고 싶은 말을 제대로 하지 못할 때가 많다. 그래서 속상하고 안타까운 일이 생기면 마치 어린 시절로 돌아간 것처럼 내 마음을 알아주는 사람들에게 아픈 마음을 털어놓는다. 그리고 그 순간만큼은 온전한 내편이 돼주길 바란다. 내 생각과 감정에 동의하고 공감해주기를 바라는 것이다.

진심을 알아주는 사람에게 속내를 털어놓고 그들에게 진심 어린 위로를 받을 수 있다는 것은 각박한 현대사회를 살아가는 우리에게 심리적인 안정과 여유를 준다. 나는 그런 위안이 사람에게 얼마나 도움이 되는지 잘 알고 있다.

안타까운 일이지만 사람의 말, 행동, 진의를 끊임없이 의심하고 계산해야 스스로를 지킬 수 있다는 생각은 우리 사회 전반에 널리 퍼져 있다. 처음에는 호의적이던 사람도 언제 어느 때 돌변할지 모른다는 사실을 나는 경험으로 터득했고 그럴 때면 지인들에게 조언과 자문을 구하곤 한다. 만약의 경우에 대비해 현실적으로 필요한 조치를 취하는 한편, 속상하고 힘든 내 심정을 털어놓고 위로받고 싶어서이다.

그런데 어느 순간, 한 가지 중요한 사실을 깨달았다. 주변 사람들에게 받는 도움과 위로는 정말 감사하지만, 동일한 시행착오를 반복하지 않도록 현명해지는 것은 오롯이 내 몫이라는 사실이었다. 그리고 다른 사람들의 무조건적인 공감과 지지가 언제나 나에게 좋은 것만은 아니라는 점도 깨달았다.

누가 나에게 고민을 털어놓는 일은 익숙한 일이다. 심리학을 전공했고 오랜 기간 동안 상담센터에서 일했기 때문이기도 하지만 상담사로서가 아닌 개인으로서도 나에게 고민 상담을 하는 사람들이 제법 많다. 그들의 말로는 내가 특유의 친화력과 붙임성 있는 성격 때문에 무슨 이야기를 하든 잘 들어줄 것 같아서란다.

그런데 나는 오랜 세월 굳어진 습관 같은 이 오지랖이 언제나 좋은 결과만을 가져다주는 것은 아니라는 것을 깨달았다. 안타까워하는 내 마음이 하늘에 닿는다고 해도 모든 사람의 문제와 고민거리를 내가 해결해 줄 수는 없는 일이다. 감정적인 측면에서도 다독거리고 위로하는 데는 한계가 있을 수밖에 없다. 무엇보다 다른 사람을 위로할 때는 한 가지 중요한 조건이 충족되어야 한다. 바로 상대가 마음의 중심을 잃지 않아야 한다는 점이다. 여기서 마음의 중심이란 건강한 자아를 의미한다. 어렵고 힘든 와중에도 긍정적으로 생각할 줄 알고 아집과 이기심, 피해의식에 빠지지 않는 마음, 그것이 바로 건강한 자아이다.

예전의 나는 누군가에게 고민거리를 털어놓을 때, 당장은 내가 듣고 싶은 말을 해주는 사람을 더 좋아했다. 일단 나를 믿어주는 사람, 먼저 내 입장에서 생각하고 내가 얼마나 힘들고 속상한지부터 알아주는 사람에게 끌렸던 것이 사실이다.

그런데 내가 다른 사람에게 무조건적인 공감과 지지를 보였을 때 누군가는 오직 자기 입장에서만 생각하는 이기심을 보였고 심지어 자신의 실수, 과오에 대해 이야기하는 것은 회피하려는 태도를 보였다. 그 순간 나는 이게 아니라는 것을 깨달았다. 내가 습관처럼 보이는 오지랖과 무조건적인 공감이 때로는 누군가의 마음에 이기심을 심어줄 수 있다는 사실을 깨달은 것이다.

심리학 전공자인 나의 생각에는 다른 사람의 무조건적인 동의와 공감을 얻으려고 하는 사람은 자존감이 결코 높지 않은 것이라고 본다. 자신의 생각과 결정에 확신이 있는 사람은 타인의 동의와 공감에 지나치게 집착하지 않는다. 여기에 더해 건강한 자아를 가진 사람이라면 다른 사람의 의견을 존중할 줄도 안다. 그들은 상대와 나는 '다른 것'일 뿐 어느 한쪽이 '틀린 것'이 아니라는 것을 알고 있기 때문이다.

더 중요한 것은 감정적으로 힘든 일이 생겨 주변 사람들의 위로를 받을 때에도 이들은 이기심의 함정에 빠지지 않는다는 것이다. 이기적이란 타인을 배려할 줄 모른다는 뜻이다. 반대로 상대를 배려한다는 것은 타인을 존중할 줄 안다는 것을 의미한다. 이것은 건강한 자아를 가진 사람만이 가질 수 있는 품성이다.

건강한 자아를 가지는 것은 우리가 살아가는 데 아주 중요한 문제다. 자아가 건강한 사람은 자신의 생각과 판단에 확신을 가지고 타인의 동의와 공감에 지나치게 집착하지 않는다. 더불어 다른 사람을 존중하고 배려할 줄도 안다.

건강한 자아를 가진다는 것은 마음의 중심을 세우는 일과 같다. 마음의 중심을 바로 세운 사람은 타인과도 원만한 관계를 유지한다. 반대로 자기 주장만 내세우며 주변과 대립하고 불화하는 사람은 마음의 중심을 세운 것이 아니라 단지 이기심의 탑을 쌓은 것일 뿐이다.

건강한 자아를 바탕으로 마음의 중심을 세운 사람은 다른 사람에게 정서적으로 의존하지 않는다. 오히려 그들은 인간관계를 통해 자신을 돌아보고 인간 심리의 모순, 불합리, 미숙한 방어기제를 꿰뚫어 보는 안목을 키운다. 물론 그 정도의 통찰력, 분별력을 키우는 것이 결코 쉬운 것은 아니다. 하지만 사람은 나이를 먹을수록 경험치가 늘어나게 마련이고 최소한 동일한 시행착오를 반복하지 않으려는 마음이 있다면, 마음의 중심을 세우고 혼자 서는 지혜를 갖추는 일은 꼭 필요하다. 아무리 가슴 아프고 속상해도 하소연이나 늘어놓는 것과 그 안에서 작은 것이라도 배우려는 것은 큰 차이가 있기 때문이다. 그렇다면 혼자 서는 법을 터득하기 위해서는 어떻게 해야 할까?

먼저 나에게 일어나는 어떤 일이라도 교훈과 지혜를 주기 위한 것이라고 생각하는 것이 중요하다. 좋은 일이든 나쁜 일이든 인생을 살아가면서 경험하는 모든 일은 아무 이유 없이 일어나지 않는다. 크든 작든 나름의 의미가 있는 법이다.

좋은 일이든 궂은 일이든 경험만큼 사람을 성장시키고 현명하게 하는 것은 없다는 것을 기억하면 여러모로 도움이 된다. 특히 속상한 일을 겪게 되면 마음이 아픈 만큼 더 신중하고 성숙해져야 한다는 신호로 받아들여야 한다.

그저 운이 나빠서 혹은 상대가 이기적이고 못된 사람이라서 아니면 내가 못나고 부족해서 겪는 일이라고만 생각한다면 그 사람은 이후에도 비슷한 일을 또 겪을 가능성이 높다. 아무것도 깨닫지 못했기 때문이다.

경험을 통해 지혜를 얻고 분별력을 갖추는 것은 오로지 자신의 몫이다. 물론 주변에서 누군가가 조언해 줄 수는 있다. 하지만 그것을 깨닫고 받아들이는 것은 결국 내가 해야 할 일이다. 언제까지고 나에게 필요한 조언을 다른 사람이 해줄 거라고 생각한다면 그것 또한 착각이라는 것을 분명히 알아야 한다.

혼자 서는 지혜를 갖는 일은 자신의 문제를 스스로 해결하고 보다 성숙한 인격과 지혜를 갖추기 위해 꼭 필요하다. 사람은 혼자서는 살 수 없는 존재라고 하지만 그것이 타인에게 전적으로 의존하라는 뜻은 아니다. 우리 모두에게 주어진 삶의 기회는 각자를 위한 것이기 때문이다.

살다 보면 누구나 삶이 언제나 달콤하기만 한 것은 아니라는 것을 알게 된다. 삶은 다양한 맛이 어우러져 있고, 그것은 우리를 성장시키기 위한 자연의 섭리다. 완고하고 강퍅한 마음, 이기적인 태도, 열등감과 피해의식은 삶을 외롭게 한다. 건강한 자아를 가진 사람은 이런 부정적 사념들과는 거리가 멀고 타인을 배려하고 존중할 줄 안다. 또한 자신의 문제는 스스로 해결한다.

혼자 서는 지혜를 터득한다는 것은 자기 삶의 주체가 되는 일인 동시에 자아를 건강하게 가꾸는 일이다. 건강한 자아를 가진 사람의 삶은 시간이 갈수록 안정되고 평안해진다. 이 귀중한 지혜를 얻고 싶다면, 모든 일에는 나름의 의미가 있음을 깨닫고 그 안에서 자신에게 필요한 교훈을 얻어야 한다.

당연한 말이지만 삶이 불안정해지기를 바라는 사람은 아무도 없다. 깊고 튼튼하게 뿌리내린 나무처럼 흔들림 없이 살고 싶다면 혼자 서는 지혜를 터득하는 것이 좋다. 그러려면 우선 자신의 경험을 바라보는 시각부터 바꿔야 한다. 그런 다음 경험 속에서 교훈을 찾는 눈을 키운다면 지금까지보다 훨씬 의미 있고 안정된 삶을 누릴 수 있을 것이다.

남녀노소를 막론하고 내 강의를 듣고 뜨거운 눈물을 흘렸다는 분들이 많다. 나는 그 이유가 그분들이 눈물을 흘려봤고 간절해봤기 때문이라고 생각한다. 사람은 무언가가 절실하면 심장이 뜨거워지기 마련이다. 그러면 그 뜨거워진 심장이 엔진 역할을 해서 자신의 꿈을 이루기 위해 실천하고 행동할 수 있게 하는 것이다.

　　사람은 누구나 마음이 있고 그 마음에는 엔진이 있다. 원하는 것을 얻으려면 마음의 엔진을 작동시켜 행동하라. 자신의 능력을 믿고 노력하는 사람에게는 세상이 가장 좋은 것으로 보답할 것이다.

제 3장

후회 없는
내일을 위해 직진하라

가짜 친구는 소문을 믿고
진짜 친구는 나를 믿는다

별일 없이 평온하게 살고 있을 때나 이런저런 일에 시달리고 있을 때나 나에게 연락을 해오는 사람들은 제법 많은 편이다. 나를 아는 사람들이 대부분 동의하는 것처럼 나를 좋아하는 사람은 무척이나 좋아한다. 내가 의리가 있는 타입이기 때문이다.

그에 반해 어떤 계기로든 나와 사이가 틀어진 사람들은 엄청 싫어한다. 그것이 나란 사람이 가진 인간관계의 특징이다. 특히 나는 내 또래 여자애들과의 관계에서 우여곡절이 많다. 치이기도 많이 치였고 배신당한 적도 많았다.

자랑할 일은 아니지만 재작년 설 연휴 때 나는 반복되는 배신과 뒷담화에 질려 친구 세 명과 인연을 끊었다. 가까이 지내던 친구들 셋이서 나를 불러내 앉혀놓고 동시에 공격 해대는 바람에 속된 말로 멘탈 붕괴 직전까지 갔었다.

공교롭게도 그때는 내가 부모님의 건강 문제로 신경이 날카로울 대로 날카로워져 있어서 결국에는 그 친구들과 절연하기로 결심했다. 그 뒤에 한 명씩 다시 연락을 해왔지만 나는 단호히 거부해버렸다. 무슨 영문인지는 알 길은 없지만 내 자존심을 짓밟고 다그칠 때는 셋이었다가 나중에는 각자 따로 연락을 한다는 것도 어이없었다.

그 일을 겪기 전까지 나는 사람 만나는 걸 무척 좋아했다. 많은 사람들을 만나고 그들과 우정을 나누며 선한 영향력을 전파하는 삶을 꿈꿔왔다. 하지만 지금은 나를 믿어주고 함께 가주는 친구는 단 한 명이어도 족하다는 것이 솔직한 내 심정이다.

"내가 이렇게까지 이야기했는데도 내 마음이 이해되지 않는다면 연락하지 않아도 돼."

이제는 아무런 감정도 남아 있지 않은, 짧지 않은 세월을 함께했던 그에게 그랬던 것처럼 나는 친구들 또한 그렇게 끊어냈다. 비슷한 경험을 한 번 했으니 아무렇지도 않을 거라고, 친구도 애인처럼 내려놓으면 더 좋은 인연이 올 것이라고 스스로를 위로했지만, 실제로 그 뒤에 남은 것은 슬럼프와 방황, 분노였다. 내가 그만큼 그 친구들을 믿었고 의지해왔던 것이다.

사람에 대한 기대를 미련없이 내려놓을 수 있었던 그때와는 달리 나는 오랫동안 배신감에서 헤어나오지 못했고 그 충격으로 이름까지 바꿨다. 몇 년 동안이나 동고동락했고 나를 철석같이 믿었던, 혈육과 같은 정을 나눈 친구들이었기 때문이다.

철부지 때부터 지금까지 내가 좋아하는 정호승 시인의 책을 선물해준 친구도 사실 그 친구들 중 하나였다. 그런 친구였기에 내가 받은 충격은 예상보다 훨씬 컸고 한동안은 아예 마음의 문을 닫고 일만 하면서 살겠다고 마음먹었다. 가짜친구는 소문을 믿고 진짜 친구는 나를 믿는다는 진실을 알게 된 것도 그때 일을 통해서였다.

누가 어떤 말을 해도 나는 너를 믿는다고 말하는 친구가 있는가 하면 어떻게든 내 허물을 찾고 나를 밟고 싶어 하는 친구가 있다. 나는 그것을 진즉부터 알고 있었다. 하지만 믿었던 친구가 나에 대한 험담을 한다는 것을 인정하기 싫었고 그간의 정이 있으니 내가 군이 들춰내지 않는다면 오해도 풀리고 잠잠해질 것이라고 생각했었다.

하지만 아빠가 쓸개를 떼어내는 수술을 받았다는 것을 알면서도 기어이 나를 병원에서 불러냈을 때, 나는 우리의 우정이 이미 깨졌다는 것을 깨달았다. 그래도 친구이고, 부모까지 아프다고 하면 동정심을 가질 만도 한데 어떻게 그렇게까지 나를 몰아세울까 하는 생각에 너무나 서러워서 나는 분신처럼 여기던 친구에 대한 마음을 모두 접겠다고 마음먹었다.

그 후 1년쯤 지났을 때 나는 그 친구 중에서 가장 친했던 한 친구와 다시 이야기를 나눠보기로 어렵게 결정을 했다. 그 친구도 나와 비슷한 일을 겪었다는 이야기를 들었기 때문이었다.

우리는 오랜 시간 허심탄회하게 많은 이야기를 나누었고, 친구와 나는 화해를 했다.

그 날, 병상에 누워 계신 아빠를 뒤로 하고 나와서 친구들에게 둘러싸여 취조 아닌 취조를 받았을 때, 당시 내가 느꼈던 절망감을 그 친구들이 조금이라도 헤아려줬더라면 우리 사이에 1년이란 냉각기는 없었을지도 모른다는 생각에 더 마음이 아팠다. 나에게는 그만큼 그 친구들의 존재가 매우 특별했고, 잃어버린 우정의 무게 또한 쉽게 채워지지 않았다.

그나마 다행스러웠던 것은, 내가 추운 날씨만큼이나 서릿발 같은 상실감을 혼자 외롭게 견뎌내는 동안 진심으로 나를 위로해주고 믿어준 또 다른 친구들이 있었다는 것이다. 한때 그 친구들과도 사이가 소원해진 적이 있었고 친구들에게 '내가 왜 그랬지'싶을 만큼 모질게 대한 적도 있었다. 하지만 친구들은 나보다 그릇이 커서 결국 그동안의 오해를 풀 수 있었고 서로의 진심을 확인할 수 있었다.

"다른 친구들과 소통이 잘 안 되니까 그제야 어떤 사람이 중요한지 알겠더라. 그리고 나니까 사람 정리도 되고……."

결혼식 때 줄곧 옆에 있어준 그 친구들에게 나는 이렇게 고백했다. 계산적이지 않고 언제나 나를 믿어줬던 친구, 나도 모르게 친구에게 무언가를 얻으려고 했던 것을 깨닫게 해줘서 더 미안했던 그 친구들에게 너무나 고맙다.

2015년 5월, 나는 김아현이란 이름으로 개명을 했고 지금은 새로운 이름을 가지고 살아가고 있다. 예전의 나는 어렵고 힘든 일을 많이 겪었지만, 이제는 김아현으로 살면서 다른 사람에게 희망과 행복을 주는 사람이 되는 것이 내 삶의 최종 목표이다.

이 책에서 말하고 있는 마인드 뷰티는 저절로 되는 것이 아니다. 인간관계를 통해 마음을 다듬으면서 천천히 한 발 한 발 나아가야 하는 것이다. 때로는 한 발짝 내딛는 것조차 힘에 부칠 때도 있지만 훗날 내 삶을 되돌아봤을 때 그 발자국이 보석처럼 찬란하게 빛나리라는 것을 나는 의심치 않는다.

내가 그랬듯이 책을 읽는 독자들도 살아가면서 겪게 되는 시련과 고난에 무릎 꿇지 말고 그 안에서 마음을 다듬는 방법을 배우기를 바란다. 그렇게 한다면 어느새 평화와 안정 속에서 사랑받으며 살고 있는 자신을 발견할 수 있을 것이다.

나 자신과 친해지기

세상에서 가장 힘든 싸움은 나 자신과의 싸움이다. 익숙한 것을 멀리해야 할 때, 포기하고 싶지만 포기해서는 안 될 때, 우리는 자신을 이기는 일이 얼마나 힘든 일인지 깨닫는다. 100m 9.58초, 200미터 19.19초라는 세계신기록을 보유한 우사인 볼트는 언론과의 인터뷰에서 더 높이 오르기 위해서는 다른 누구도 아닌 자기 자신을 이겨야 한다고 말하기도 했다.

하루하루 치열한 생존경쟁을 치르며 살아가는 현대인들에게 '자신과의 싸움'은 살아남기 위한 필수 관문처럼 인식되는 듯하다. 그런데 자신과의 싸움의 진짜 의미는 원하는 것을 얻기 위해서는 인내하고 노력하는 수고를 멈추지 말아야 한다는 것이다. 자기 자신을 싸워 이겨야 할 대상으로 바라보라는 말이 절대 아니다.

자신과의 싸움에서 긍정적인 결과를 얻으려면 높은 자존감이 따라야 한다. 자존감이 낮은 사람에게는 자신과의 싸움이 오히려 피해의식과 자격지심을 느끼게 하는 부작용을 야기할 수도 있다.

'내가 이것을 누릴 자격이 있을까?

내가 과연 해낼 수 있을까?

내 주제에 그런 일을 어떻게 할 수 있겠어?'

이런 식으로 사고하는 사람이 있다면 그 사람은 자존감이 아주 낮은 사람이다. 따라서 그런 사람에는 자기 자신과 싸워서 원하는 것을 얻으라는 말은 넌센스나 다름없다. 자신의 능력에 대한 확신과 긍정적인 마인드조차 확립하지 못한 사람이 원하는 바를 성취하는 경우는 없기 때문이다.

자기 분야에서 일정 수준 이상의 성취를 이룬 사람들이 말하는 자신과의 싸움이란, 반드시 스스로에 대한 믿음이 전제가 되어야 하며 그래야 의미 있는 결과를 이끌어 낼 수 있다고 한다.

그래서 현대인들에게 정말로 필요한 것은 바로 '자신을 사랑할 줄 아는 것'이다. 무엇을 목표로 하든 자기 능력에 대한 믿음과 확고한 의지는 성공적인 결과를 위한 필수 조건이며 그러한 자질은 자존감이 높은 사람, 즉 자신을 사랑할 줄 아는 사람만이 가질 수 있기 때문이다.

세간에는 자신을 사랑하지 않는 사람을 사랑해 줄 사람은 아무도 없다는 말이 있다. 처음 이 말을 들었을 때, 스스로를 사랑하는 것에 대해 내가 부정적인 생각을 가지고 있다는 것을 깨달았다. 사랑받고 싶었지만 그러지 못했던 시절의 결핍이 아무도 나를 돌아봐주지 않고 귀하게 여겨주지 않을 것이라는 피해의식을 나의 무의식에 심어 놓았다.

게다가 철없던 시절 저질렀던 탈선 때문에 나는 온갖 부정적인 수식어를 단 채 청소년기를 보내야 했고, 그것은 곧바로 자존감 저하로 이어졌다. 그 때문에 나는 스스로를 사랑할 수 있게 되기까지 꽤 오랜 시간이 걸렸다.

어린 시절의 치기 어린 반항과 탈선의 그늘에 가려져 열심히 노력해서 얻은 결과마저 평가절하되는 바람에 더더욱 나 자신을 사랑할 수 없었던 것이다. 집안, 학벌, 외모 등의 조건에 따라 한 사람을 판단하고 평가하는 것이 당연하게 받아들여지는 세상에서 내가 의미 있고 가치 있는 사람이라는 생각을 할 만한 이유가 나에게는 아무것도 없었다. 넉넉하지 못한 가정형편과 불우했던 어린 시절, 그것 때문에 감내해야 했던 시기, 질투, 조롱들로 나는 스스로를 가치 있게 여기지 못했고 그 부작용은 고스란히 나에게 돌아오고는 했다.

그러던 어느 날, 나는 한 권의 책을 통해 스스로를 사랑하는 일이 얼마나 중요하고 가치 있는 일인지 새삼 깨달을 수 있었다. 그 책은 리지 벨라스케스라는 미국의 한 강연가가 쓴 책이었다. 그녀는 24살이란 어린 나이에도 불구하고 자신의 인생 이야기를 책에 담아냈다.

우리나라뿐 아니라 미국에서도 이제 겨우 24년을 살았을 뿐인 그녀가 인생을 이야기한다는 것을 생소하게 여겼다. 하지만 그녀에게는 태어날 때부터 주어진 남다른 고충이 있었고 그것을 극복하는 과정에서 스스로를 사랑하는 일이 살아가는 데 반드시 필요하다는 것을 절감했다고 한다.

그녀가 겪어야 했던 고충은 태어날 때부터 앓아온 희귀병이었다. 체내에 지방이 축적되지 않는 병 때문에 그녀는 아무리 먹어도 몸무게가 30kg이 채 되지 않았고 뼈와 가죽밖에 없는 외모 때문에 늘 다른 사람의 놀림거리가 되기 일쑤였다.

엎친 데 덮친 격으로 '세상에서 가장 못생긴 여자'라는 제목으로 그녀의 모습을 담은 동영상이 유튜브에 공개되었고 그녀는 불특정다수의 대중으로부터 모욕적인 인신공격을 당해야 했다. 그녀는 세상이 무너지는 듯한 고통을 맛보았고 마음에 큰 상처를 입었다. 그런데도 그녀는 용기를 갖고 자신을 당당히 드러내기로 결심했다. 자신 앞에 놓인 어려움이 어떤 것인지 세상에 알림으로써 그 어려움을 사람들과 함께 헤쳐 나가고 싶었기 때문이다.

그녀가 쓴 책을 읽는 동안 나는 시련과 역경이 한 사람을 인격적으로 성숙시키는 데 긍정적으로 작용할 때 어떤 시너지가 발휘되는지를 절절하게 깨달을 수 있었다.

죽음에 대한 공포, 또래 친구들로부터의 따돌림, 외모에 대한 콤플렉스 등 그녀는 어린 나이로는 감당하기 힘든 무수히 많은 시련들을 감내해야 했다. 나는 그녀가 자신의 가혹한 삶의 조건을 활용해서 오히려 다른 사람에게 희망을 주는 일에 성공했다는 데 깊은 감명을 받았다.

이 세상에는 수없이 많은 사람들이 살고 있고, 절대 다수의 사람들이 저마다의 고충과 어려움을 극복하면서 살아간다. 그것을 드러내든 숨겨놓든 아무런 걱정도 고민도 없이 살아가는 사람은 아무도 없을 것이다.

지극히 상식적인 말이지만 어려움에 대처하는 방법은 개개인마다 다를 수밖에 없고 어떤 이들은 자신의 고충과 타인의 어려움을 비교하며 위안을 삼기도 한다. 리지 벨라스케스의 책을 읽었을 때 나부터가 그랬다. 그녀의 글을 읽으며 나를 건강하게 낳아주신 부모님께 감사드렸고 매사 다른 사람의 시선을 의식하지 않고 살 수 있다는 것에 고마움을 느꼈다.

그리고 스스로를 사랑할 줄 모르고 나 자신과 친해지는 것이 얼마나 중요한 일인지도 제대로 깨닫지 못하고 있었던 나 자신이 부끄러워지기도 했다. 전 세계 사람들의 시선이 모이는 유튜브에 얼굴이 공개되어 이루 말할 수 없는 악플에 시달려야 했던 리지도 알고 있었던 그 중요한 진실을 그녀처럼 강연자로 살겠다고 하는 내가 모르고 있었던 셈이다.

그래서 나는 어린 시절부터 가슴속에 쌓아둔 콤플렉스와 피해의식을 내려놓고 스스로를 사랑하는 일이 좋은 강사가 되는 첫 번째 과제라고 생각하게 되었고, 세상에 태어나 30여 년을 사는 동안 알게 모르게 손에 쥐고 있던 상처와 고통의 기억들을 하나씩 극복해 가고 있다.

지금 나는 기회가 있을 때마다 주변 사람들에게 스스로를 위하고 자기 자신과 친해질 줄 알아야 한다고 말한다.

그것은 당연히 어떤 일을 하든 인간이라면 누구에게나 적용되는 말이다. 그래서 나는 보다 많은 사람들이 스스로를 사랑하고 자신과 친해지는 일이 얼마나 중요한지를 깨달을 때, 나날이 황폐해져 가는 우리 사회를 정화하는 데도 적지 않은 도움이 될 것이라고 믿는다. 자신을 아낄 줄 모르는 사람은 타인과도 진정한 공감대를 형성할 수 없다. 이기심이 아닌 건강한 자존감은 행복한 삶에 반드시 필요한 것이고 그러기 위해서는 자기 자신과 친해지는 것이 반드시 필요하다는 것을 기억하길 바란다.

리포터를 아무나 해?

　　요즘 청소년들이 선호하는 직업의 하나가 연예인이다. 한때는 연예인을 딴따라라고 부르며 평가절하하던 시절도 있었지만 오늘날에는 스타급 연예인은 부와 명예를 쥐고 있는 기득권이라고 봐도 전혀 틀린 말이 아닐 정도로 연예인의 위상은 과거와는 완전히 달리 높아졌다.

　　먹고사는 문제를 해결하기에도 바빴던 어르신들은 아니라고 쳐도 대중문화가 발전하면서 지금은 누구나 한번쯤 연예인을 동경해본 경험이 있을 것이다. 예뻐지고 싶고 주목받고 싶어 했던 나도 예외는 아니었다. 실제로 연예인이 되기 위해 서울에서 오디션을 본 적도 있다.

　　2000년대 초반, 나는 어디든 가리지 않고 오디션을 보러 다녔고 한창 주가를 올리고 있던 김희선이나 이영애 같은 스타들을 보며 나도 그녀들처럼 되고 싶다는 꿈을 꾸기도 했다. 하지만 두각을 드러내기란 쉬운 일이 아니었다. 오히려 불순한 의도를 가진 사람을 만나 궂은 일만 겪었다.

나한테 잘 보이면 연예인 시켜줄 수 있다고, 내가 누구누구도 스타로 만들었다며 은밀한 제안을 건네는 사람을 만날 때면 그래도 내가 눈치는 빠른 편이어서 다행이라고 생각했다. 나이는 어렸어도 그런 방법으로 나에게 기회가 주어질 가능성이 없다는 것 정도는 알만한 주변머리가 있었다.

발바닥에 불이 나도록 돌아다녔지만 내가 그 사람들에게서 들은 말은 상처가 되는 말들이 대부분이었다. 곧 될 것처럼 이야기해주는 사람들도 결국 돈을 요구해와서 번번이 의욕이 꺾였다.

지푸라기라도 잡는 심정으로 공채 탤런트 시험을 보기도 했는데 마지막 단계에서 연거푸 미끄러졌다. 그때야 안 되겠다는 생각을 했고 마음을 비우고 내가 할 수 있는 일부터 다시 시작하자고 결론을 내렸다.

그 뒤에 처음 도전한 일이 리포터였다. 전라북도 KBS 공채 리포터 시험을 봤다가 덜컥 합격이 되었을 때, 나는 드디어 일이 풀리는구나 싶어서 들뜬 마음으로 방송국으로 향했다. 비록 리포터에 불과했지만 방송하는 사람이라는 자부심도 있었다.

하지만 방송국에서 내가 터득해야 했던 것은 서열에 따른 위계질서, 경직된 조직문화였다. 녹화 몇 시간 전에 코디네이터들이 가지고 온 의상 중에서 내가 입을 것을 미리 골라놓았어도 아나운서가 그 옷을 입겠다고 하면 두말없이 양보해야 했다.

의상 같은 비교적 소소한 문제는 그렇다 쳐도, 아나운서와 리포터 사이의 암묵적인 갑을 관계에 따른 부조리는 정말 심했다. 나는 시쳇말로 더럽고 치사해서 아나운서가 되어야겠다는 생각을 했다.

그러던 어느 날, 내가 마음먹고 다시 공부를 해야겠다는 결심을 하게 만든 사건이 일어났다. 평소 친하게 지내던 지인으로부터 전화 한 통이 걸려왔다.

"우연히 너를 아는 사람을 만났는데 요즘은 리포터를 아무나 뽑느냐면서 네가 어떻게 리포터가 된 거냐고 묻더라."

당시에는 고작 2년제 대학 졸업장이 전부였던 나에게 그의 말이 너무 아프게 느껴졌고, 나는 아나운서든 연예인이든 내가 원하는 것을 하기 위해서는 공부부터 해야 한다는 것을 뼈저리게 깨달았다.

말도 잘 못하고 예쁘지도 않고 전문대밖에 못 나온 애라 지성미가 필요한 아나운서로는 부족하고 다른 사람들이 안 하려고 하는 거 시키려고 뽑은 애일 거라며 마구 비아냥대더라는 지인의 말을 들으며, 나는 팍팍하고 막막한 현실을 바꾸기 위해서는 실력을 갖추는 것이 최우선이라는 결론을 내렸다. 결국 나는 방송국에 사표를 던지고 대입 편입을 준비했고 이듬해 영문학과에 편입하는 데 성공했다. 오로지 아나운서가 되기 위해 도전했던 시험이었다.

사실 리포터를 아무나 하냐는 말을 했던 사람이 정확히 누군지는 지금도 모른다. 그 말을 처음 전해 들었을 때는 서러움과 오기가 뒤엉켜서 심경이 복잡했지만, 지금은 그 일이 전화위복이 되었겠다고 생각한다. 또 그 경험을 통해 누구나 노력하면 어떤 일이든 이룰 수 있다는 것을 확인했고, 비로소 세상을 바라보는 내 시각도 바뀔 수 있었다.

하지만 내가 들어야 했던 그 비아냥거림은 선의가 아닌 악의에서 나온 말이라는 사실은 변하지 않는다. 나에게는 약이 됐지만 다른 사람에게는 상처가 될 수 있기에 남의 이야기를 할 때는 상대방 입장에서 먼저 생각해보고 하는 것이 정말 중요하다.

만약 우연이라도 그런 말을 한 당사자가 이 책을 본다면 세상이 절대 만만한 곳이 아니라는 말을 해주고 싶다. 리포터든 아나운서든 자격이 되지 않는 사람에게 기회를 주는 곳은 없으며 혹시 방황하는 시절의 나를 생각해서 그런 말을 했다면 과거의 나를 기준으로 현재의 성과를 판단하는 것은 어불성설이 아닌가.

그가 기억하는 부족하고 불완전한 나는 바꿀 수 없는 과거이다. 하지만 현재와 미래의 나는 나의 의지로 얼마든지 바꿀 수 있고 그렇기 때문에 살아가는 하루하루가 의미 있고 소중한 것이다.

세상은 여전히 많이 불완전하고 공평하지 못하지만 그래도 우리는 이전 세대와는 비교할 수 없을 만큼 많은 문명의 혜택을 누리며 살고 있다. 그리고 개개인에게 주어진 자기계발의 기회도 의지만 있다면 얼마든지 찾을 수 있다.

다만 그 기회를 얼마만큼 잘 활용하느냐가 관건이다. 그런 면에서 보면 리포터를 아무나 하느냐는 그 사람의 말에는 내가 그만큼 예전보다 발전했다는 의미가 포함되어 있는 것이라고 할 수 있다.

물론 그 표현이 적대적이고 악의적이었다는 데는 화가 난다. 모두가 나에게 호의적일 수는 없지만 온전히 내 노력으로 이룬 성취까지 비하하고 깎아내리는 말을 들을 때마다 가슴이 서늘해지도록 비애가 느껴진다.

마치 빛과 그림자처럼 양극단으로 나뉘는 현재의 나와 과거의 나를 자연스럽게 받아들이기 어렵다는 것은 충분히 이해하지만, 사람은 누구나 나이를 먹어갈수록 자신의 삶을 통해 배우는 것이 있고 나 또한 삶이 가르쳐주는 것들을 따라 배우고 익히는 과정을 통해 지금의 내가 되었다는 것을 말하고 싶다.

누군가를 내 맘대로 판단하고 그 생각을 말로 떠벌이기는 쉽다. 그런데 그런 말들이 당사자를 얼마나 절망과 비관에 빠트리기 쉬운지 기억해야 한다. 악의적인 말은 그 대상은 물론이고 당사자의 인격까지도 훼손하는 경우가 많다. 따라서 누군가에 대해 말할 때는 상대방의 입장에서 다시 한 번 생각하고 말하는 풍토가 만들어지기를 진심으로 바란다.

어른이 되기 위한 성장통

정신없이 바쁜 요즘이지만 어쩌다 가까운 지인들을 만나 이야기를 나누다 보면 습관처럼 나오는 말이 있다. '내가 다른 사람을 믿는다고 그 사람도 나를 믿어주는 게 아니더라'는 말이다. 사업을 하다 보니 다양한 사람들을 만나게 되고 이런저런 우여곡절도 겪게 되지만 가장 후유증이 컸던 것은 믿었던 직원과의 불화였다.

불화란 서로 화합하지 못하고 사이좋게 지내지 못한다는 의미로 비교적 간단하게 정의된다. 하지만 감정적으로 겪어내야 하는 사람 입장에서는 그것이 그렇게 단순한 문제가 아니다. 특히 믿어왔던 사람이 하루아침에 돌변해서 하나부터 열까지 내 진심을 의심했을 때는 당황스러움을 넘어 서럽다는 생각마저 들었다.

서로 응원하고 독려하며 함께 일했던 사람이 사실은 나를 불신하고 있었다는 사실에 나는 눈앞이 아득해지는 충격을 받았다. 정말 믿었던 사람이었고 늘 희망적이고 용기를 주는 말만 했던 사람이었기 때문에 충격은 더 컸다.

그동안 말은 하지 못했지만 내가 일하는 방식을 이해하기 힘들었다며 다른 직원들도 마찬가지일 거라는 그의 말에 나는 그만 벙어리가 되고 말았다. 어릴 때부터 속내를 숨기거나 에둘러서 감정을 표현하는 것에 익숙하지 않았던 나는 왜 그가 이제 와서 평소와는 다른 이야기를 하는 건지 이해하기 어려웠다.

하지만 명색이 심리학을 공부한 사람인만큼 그 직원의 마음을 헤아리려고 노력했다. 그리고 이 일을 반면교사로 삼아 직원들과 소통할 때 좀 더 세심하게 주의를 기울여야겠다는 반성도 했다. 그런데 내가 겪어야 할 일은 감정적인 부분에만 한정된 것이 아니었다. 하필이면 그 무렵, 강의안 등 중요한 자료들이 저장되어 있는 외장하드의 데이터가 모두 날아가버리는 대형 사고까지 터졌다.

"PC가 악성 바이러스로 잠식되어 있었네요. 그것 때문에 외장하드까지 감염된 것 같구요."

"이 PC는 제가 평소에 사용을 거의 안 했는데, 확실히 바이러스 때문에 데이터가 날아간 게 맞나요?"

"이런 경우는 유해 바이러스 때문일 가능성이 높아요. 정확히 무슨 이유 때문에 데이터가 날아갔는지는 전문 업체에 맡겨야 알 수 있을 것 같은데요."

천금보다 더 귀한 자료들을 저장해놓고도 PC를 제대로 세심하게 관리하지 못한 내 불찰이었지만 당시 나는 거듭되는 악재에 말 그대로 억장이 무너지는 심정이었다. 게다가 외장하드 복구율 90%를 자랑하는 업체에서도 방법이 없다는 답변을 들었을 때 나는 심한 스트레스로 위경련까지 일으켰다.

임파선이 붓고 탈모 증상에 어지러움과 신경증까지 겹치는 최악의 컨디션에도 여기저기서 터지는 일들을 수습하느라 정신이 없었다. 덕분에 경영자는 중환자실에 들어가더라도 세금계산서는 직접 발행해야 한다는 뼈아픈 교훈도 얻었다.

겉으로 보기에는 그래도 일이 잘 풀려서 신바람 나게 일할 수 있겠다 싶겠지만, 잘 되고 있는데 오히려 믿을 사람 하나 없다는 것이 더 큰 문제였다. 날이 갈수록 의심이 많아지고 사람을 믿지 못하는 말이 나오는 것이 그냥 나온 말이 아니다. 그것이 얼마나 사람을 지치게 하는지는 겪어본 사람만이 알 수 있다.

악재는 한꺼번에 몰려와야 한다는, 무슨 법칙이라도 있는 것처럼 그 해 겨울 나는 한 번도 겪지 못했던 궂은 일을 여러 차례 겪었고, 그 직원과의 문제로 결국 마음의 여유를 잃고 말았다.

그때 서로 마음을 터놓고 허심탄회하게 이야기했더라면 좀 더 원만하게 마무리할 수 있었을 텐데 나는 그와의 인연을 끊는 것으로 정리해 버렸다. 풀리지 않는 고리를 억지로 풀려고 하기보다 매듭을 끊어버리고 다시 시작하는 것이 더 나은 방법이라고 생각했기 때문이다.

　당시에는 세상에서 가장 소중한 것이 사람이지만 가장 무섭고 풀기 어려운 난제로 돌변할 수 있는 것 또한 사람이라는 사실을 깨닫게 된 것만으로도 다행이다 싶었다. 머리로는 알고 있었지만 가슴으로는 실감하지 못했던 불편한 진실을 나는 가장 힘겨운 방식으로 확인했고, 그것을 깨닫기 위해 어차피 겪어야 했던 일이라고 스스로를 위로했다. 그리고 이 경험이 약이 될지 독이 될지는 전적으로 나에게 달려 있다 생각하면서 여러 번 마음을 다잡았다.

　경영자뿐만 아니라 직장인, 학생, 심지어 어린 아이들까지도 인간관계의 어려움을 누구나 겪는다. 그리고 나는 문제 자체보다 그 일이 나에게 주는 신호를 파악하는 것이 더 중요하다고 생각한다. 또한 그 안에서 내가 배워야 할 것들을 찾아내고 현명하게 대처하는 것이 이후의 불상사를 막는 유일한 방법이라고 믿는다.

　학교 다닐 때도 자꾸만 틀리는 문제는 반복학습을 통해 깨우치고 넘어가야 하는 것처럼 살아가면서 겪는 문제도 그와 크게 다르지 않다. 주변 사람들을 필요 이상으로 의심하는 것도 득보다 실이 크지만 사람이 얼마나 연약하고 저마다 생각이 다른지를 생각해서 분열과 갈등을 미연에 방지하는 것도 너무나 중요하다.

　유난히 춥고 서러웠던 그 해 겨울이 지나가고 어느 정도 시간이 흘러 조금이나마 마음의 여유를 가지게 되었을 때 당시 일을 생각해보았다. 오랜 시간 고심한 끝에 나 역시 잘못하고 실수한 부분이 있었다는 것을 인정할 수밖에 없었고, 어떤 부분에서 좀 더 신중하게 처신해야 했는지도 생각해보게 되었다. 손바닥도 마주쳐야 소리가 난다고 그 직원도 아무런 이유 없이 나에 대한 불신을 키웠을 리 만무했던 것이다.

늦게라도 그런 생각을 했기 때문인지 그 직원이 내가 캠프를 진행하는 지원센터에 상담사로 취업했다는 소식을 들었을 때 우리 회사에서의 경력이 도움이 되어서 다행이라는 생각을 했다. 내 마음속의 서운함이 완전히 사라지지는 않았지만 한때는 목욕탕에도 같이 갈 만큼 각별한 사이였기 때문에 새로운 기회가 주어졌다는 사실에 내심 안도가 됐다.

연초에 사무실에 들어온 다이어리에 꽂혀 있는 그의 명함을 한참 동안 들여다보며 그와의 인연으로 내가 배운 것을 곰곰이 생각해보았다. 결론적으로 알렉산더 대왕과 고르디우스의 매듭 이야기가 알려준, 풀 수 없는 매듭은 끊어버리고 다시 시작하는 것이 서로를 위해 좋다는 당시의 생각은 반은 맞고 반은 틀린 것이었다.

꿈에서도 상상할 수 없던 불신이 그와 나 사이에 자랐다는 사실이 너무 억울하고 당혹스러웠어도 마지막까지 진심을 전했어야 했다는 생각이 들었다.

타지에서 무작정 우리 회사에서 일하고 싶다고 찾아왔던 그를 처음 만난 날, 나는 시작한 지 얼마 안 되는 회사라서 당장은 급여를 많이 줄 수가 없다고 했고, 그는 흔쾌히 괜찮다고 대답했다.

그날 이후 그는 틈 날 때마다 나를 격려해주고 지원해준 고마운 인연이었다. 나는 지금도 그와 좋지 않게 끝이 난 것이 못내 아쉽다. 언젠가 서로 만날 일이 생긴다면 안부 인사 정도는 나눌 수 있었으면 좋겠다. 할 수 있다는 자신감과 미래에 대한 염려가 동시에 있었던 그때, 나를 믿고 응원해주던 그의 밝은 미소 덕분에 내가 힘을 낼 수 있었던 것은 분명한 사실이다.

그리고 나는 고맙고 감사했던 기억까지 끊어내고 지워버리는 강 팍한 사람이 되고 싶지는 않다. 너구나 그를 통해 나는 좋은 인연 일수록 상대에 대한 고마움을 더 자주 표현해야 한다는 것을 배웠고, 더 많이 배려해야 한다는 사실을 깨달을 수 있었으니까.

법적으로는 성인이 된 지 꽤 오랜 시간이 지났지만 나는 그와의 일을 통해 좀 더 나은 어른이 되기 위한 성장통을 겪었다고 생각한다. 그리고 어떤 상황에서든 상대의 입장을 헤아리는 포용력을 발휘하는 것이 시간이 흘렀을 때, 후회와 반성을 줄이는 가장 좋은 방법이라는 것도 알게 되었다.

그가 지금도 나에게 안 좋은 감정을 갖고 있을지는 모르겠지만, 그래도 나와 함께 일하는 동안 좋았던 기억은 그대로 간직해주었으면 한다. 나 또한 가슴 한구석에 속상하고 쓰라린 기억이 남아있지만 그를 떠올릴 때마다 마음 아파하고 싶지는 않다.

비록 부족하고 미흡했지만 나는 진심으로 모두가 발전하기를 바랐고 좋은 경영자가 되기 위해 나름대로 최선을 다했다는 말은 해주고 싶다. 나와는 생각이 다르더라도 적어도 함께 일하면서 어려움 속에서도 소중하게 품어왔던 비전과 미래에 대한 희망까지 부정하지는 않았으면 좋겠다는 바람이다.

인연을 살릴 줄
아는 사람이 프로다

지금은 예전보다는 덜하지만 나는 사람을 만나는 것을 무척 좋아한다. 지금도 여러 가지 이유로 다양한 사람들을 만나고 있고, 인연을 놓치는 것만큼 나를 속상하게 하는 일도 없다.

인기리에 방영되었던 어느 사극의 여주인공처럼 사람을 얻어 천하를 주무르겠다는 포부까지는 아니지만 나는 여러 사람들을 만나고 협력하면서 무언가를 이루고 성취하는 것을 좋아한다.

언젠가 한 번은 아무 목적 없이 만난 사람들과 6시간 동안이나 이야기를 나누었는데 일주일 뒤에 다시 그때 만났던 사람들이 네 명을 더 데리고 와서 그때도 시간 가는 줄 모르고 밤새도록 대화를 했다.

어떤 사람은 내가 재미있고 중독성 있는 스타일이라는 말을 하기도 한다. 왜 그렇게 생각하는지 이유를 나는 어느 정도 알 것 같다. 그것은 내가 심리학을 공부했기 때문이 아닐까.

심리학자를 찾아오는 사람들은 자신에 대해 알고 싶고 위로받고 싶어 한다. 또 삶의 질을 향상시키고 싶고 무언가 해결해야 할 문제를 가지고 있는 사람들이기도 하다.

상담을 오래 했기 때문에 대화를 나누다 보면 나는 상대방에게 무엇이 필요한지 다른 사람보다 쉽게 간파한다. 그리고 그 사람에게 필요한 것을 건네주며 대화를 이끌어나간다. 자신을 알아주고 의문점을 풀어주며 가슴속에 맺혀 있던 응어리를 다독여주는 사람에게 호감을 느끼는 것은 너무 당연한 일이다.

물론 나도 처음부터 그랬던 것은 아니다. 상담하는 횟수가 점차 늘어나고 개인적인 인간관계에서 나름의 우여곡절을 겪고 나서 그제야 비로소 인간 심리에 대해 진정한 통찰력과 안정감을 얻을 수 있었다.

사람들과 이런 저런 일을 겪은 덕분에 나는 강연하는 중간중간 원만한 인간관계를 위한 말하기 스킬에 대해 자주 설명하곤 한다.

내가 가장 강조하는 것은 바른말 고운말을 사용하는지 여부이다. 바르고 품격 있는 언어가 사람과 사람 사이를 돈독하게 하고 인간관계를 화평하게 한다는 것은 누구나 아는 상식이다. 일상생활에서도 험담, 욕설 등 거친 언어를 구사하는 사람보다 인격적이고 바른말을 구사하는 사람에게 더 호감을 느끼는 법이다.

언어는 절대 다수의 사람들에게 없어서는 안될 주요 의사소통 수단이고 인간은 끊임없이 타인과 관계를 맺으며 살아가는 사회적 존재이므로 어떤 말을 하느냐에 따라 그 사람의 인격과 품성을 가늠해볼 수 있다고 해도 과언이 아니다.

그렇기 때문에 나는 사람 사이의 인연에서 '말'의 중요성은 아무리 강조해도 지나치지 않다고 생각한다. 처음 만난 사람들과 스스럼없이 오랜 시간을 이야기할 수 있는 것도 사람 자체에 대한 호감과 긍정적인 언어 사용이 밑바탕에 깔려 있기 때문이고 그래서 나는 바른말, 고운말로 상대를 존중하고 응원해주는 사람이야말로 우리를 성장시키는 좋은 인연이라고 생각한다.

가까이 지내던 사람들이 던진 모나고 독한 말에 상처 입기도 했지만 나에게는 긍정적인 언어로 조언과 응원을 아끼지 않은 좋은 인연들이 있었고 덕분에 지금의 내가 존재할 수 있다고 생각한다. 이 자리를 빌어 나를 이끌어준 고마운 인연들에게 다시 한 번 감사하다는 말을 전하고 싶다.

마지막으로 누군가에게 좋은 인연으로 남고 싶은 사람이 있다면 바른말 고운말이 가지는 가치를 기억하길 바란다. 그것은 당신의 인격을 높여줌과 동시에 당신에게 또 다른 좋은 인연을 약속해줄 것이다.

제4장

행복한 삶을 위한
마음공부

가슴 뛰는 일을
해야 하는 이유

나의 멘토 정진일 교수님의 책을 보면 '머리보다 가슴이 먼저'라는 챕터가 있다. 미치도록 가슴이 뛰지 않는다면 아직 진짜 꿈을 찾지 못한 것이나 마찬가지라는 교수님의 말씀에 나는 격하게 공감한다.

청소년들을 상대로 진로상담을 할 때면 그 나이에 여러 가지 현실적인 조건들을 따지며 제도권적 마인드로 세상을 바라보는 것을 목도하게 된다. 그런 시각을 가지게 된 것이 그 아이들의 잘못이 아니라 사회 시스템의 산물이라는 것을 잘 알기에 매번 씁쓸해지곤 한다.

머리에서 가슴까지의 거리를 물리적으로 재면 30센티미터 정도지만 그 거리는 가까우면서도 세상에서 가장 먼 거리이기도 하다. 대부분의 현대인들은 머리로만 생각하지 가슴에서 전하는 소리를 잘 듣지 못하기 때문이다.

다소 거창하게 들리겠지만 우리나라의 현대사를 보면 사람들이 꿈꾸는 비전이 어째서 점차 안정 지향적으로 변화했는지 알 수 있다. 일제시대와 6·25를 겪은 지금의 노년 세대는 한국전쟁 직후 폐허가 된 이 땅에서 그야말로 맨 땅에 헤딩하며 자식들을 길러내셨다.

너나없이 가난했던 그 시절, 그분들은 '우리도 잘 살아보세'라는 구호 아래 먹고 살 만한 세상을 만들기 위해 당시로서는 크고도 원대한 꿈을 꾸셨고 덕분에 우리 세대가 누리는 사회적·경제적 혜택의 발판이 마련되었다고 할 수 있다.

이후 부모 세대의 주도 아래 70~80년대를 거치며 급격한 경제 성장이 이루어졌고, 1988년에는 서울에서 올림픽이 개최되면서 국제사회로부터 '한강의 기적'이라는 극찬을 받기도 했다. 하지만 1997년 외환 위기로 IMF에 구제금을 신청하기에 이르렀고, 이후 위기 극복에는 성공했으나 여러 분야에서 크고 작은 후유증을 앓게 되었다.

현재 우리 사회가 안고 있는 다양한 문제들은 50년대 조부모 세대가 극복해야 했던 문제들과는 그 궤를 달리 한다는 것이 내 생각이다. 그때나 지금이나 가난한 사람들은 여전히 존재하지만 50년대의 가난이 절대적인 것이었다면 지금의 가난은 상대적인 것이어서 박탈감과 상실감이 더욱 커져서 우리 사회에 무시할 수 없는 악영향을 미치고 있다.

또한 부모 세대만 해도 '평생직장'이라는 개념이 통용되었지만 이제는 좁디좁은 취업문을 뚫고 직장인이 되어도 만약의 경우를 대비해야 할 만큼 미래에 대한 불안감은 사회 전반에 걸쳐 광범위하게 퍼져 있다. 이전 세대의 직장인들이 한 분야의 일에만 파고들어도 됐다면 현재의 직장인들은 여러 분야의 일에 가능성을 열어두고 대비하고 있을 정도로 미래에 대한 불안 심리는 이전 세대 때보다 지금의 청년 세대에서 더 극심하게 나타난다. 사정이 이렇다보니 청소년기의 아이들이 '안정성'을 가장 염두에 두고 진로를 모색하는 것도 어찌 보면 당연한 일이다.

물론 격동의 근현대사를 몸소 겪어낸 시니어 세대가 보기에는 부족한 것 없이 자란 지금의 청년들이 힘들고 고생스러운 일보다 쉽고 편한 일만 찾다 보니 실업 문제가 해결될 기미가 보이지 않는 것이라고 말할 수도 있다. 하지만 지금의 우리 사회는 예전의 경제성장기보다 훨씬 빠른 속도로 변화하고 있고 자신만의 경쟁력을 갖추지 않은 사람에게는 발전할 수 있는 기회가 더 이상 주어지지 않는다.

부모 세대는 탄탄대로인 줄 알았던 경제성장이 IMF라는 복병을 맞아 지금까지도 그 후유증을 겪고 있으며, 청년 세대는 청소년기 때 IMF를 경험했고 사상 최악의 취업난을 겪었기에 지속적인 성장이 가능하면서도 안정성 높은 직종을 선호하게 되는 것이다.

그런 이유에서 우리 사회의 미래를 이끌어 갈 세대들의 관심은 가슴이 하고 싶은 일보다 머리가 시키는 일에 집중되어 있고, 구직 활동을 하다가 자신의 생각대로 일이 풀리지 않으면 극심한 슬럼프에 빠지는 악순환이 반복되고 있다.

이러한 악순환은 개인의 삶의 질을 저하시키는 것은 물론 나아가 사회 경쟁력까지 약화시키므로 이에 대한 국가적 차원의 대비책이 꼭 필요하다. 또 이러한 문제를 해결할 수 있는 방법 중의 하나는 본인의 성향과 적성에 맞는 직종 선택의 중요성을 강조하고 직무에 맞는 경쟁력을 갖출 수 있는 다양한 제도적 차원의 지원이 병행되는 것이다.

따라서 나는 머리에서 나오는 생각보다 가슴이 뛰는 일을 선택하는 것이 사회 문제를 해결하기 위해서도 가장 바람직하다고 본다. 그것이 삶에 대한 우리의 의무이기도 하다. 누군가는 하고 싶은 일이 있지만 그것으로는 먹고사는 문제를 해결할 수 없다고 할수도 있다. 물론 그것이 사실이기도 하다.

그런데 만약 그런 상황이라면 자신이 현재 하고 있는 일을 하고 싶은 일을 할 수 있게 해주는 수단으로 생각하는 것은 어떨까. 먹고 살기 위해 어쩔 수 없이 하는 일이라고 생각하는 것과 내가 하고 싶은 일을 하기 위해 거치는 과정이라고 생각하는 것은 엄청난 차이가 있다.

자신의 일에 대한 열정도 없고 꾸준한 노력도 하지 않는 사람에게 안락한 생활을 보장해주는 사회는 지금까지도 없었고 앞으로도 없을 것이다. 그렇기 때문에 우리는 노력과 열정을 기꺼이 바칠 수 있는 일을 해야 하며 그 선택은 결국 개개인에게 만족도 높은 삶을 선사해줄 것이다.

내가 좋아하는 일 vs
내가 잘하는 일

한때 나는 좋아하는 일을 하면서 먹고사는 문제까지 해결할 수 있는 사람은 많지 않을 것이라고 생각했다. 돈은 힘들고 어렵게 버는 것이고 누구나 돈벌이의 고단함을 짊어지고 사는 것이기 때문에 좋아하는 일을 하면서 돈을 버는 사람은 특별한 행운을 가지고 태어난 사람이라고 생각했다.

어렸을 때는 장래희망에 대해 이야기하고, 하고 싶은 것에 대해 마음껏 꿈꾸는 것만으로도 좋았지만, 나이를 먹은 후에는 현실적인 여건에 맞게 실현 가능한 목표를 세우는 것이 정도正道라고 배웠다. 어쩌다 목표가 너무 높다 싶으면 그게 말처럼 쉽게 되겠느냐며 현실감각이 부족하다는 핀잔이나 듣기 일쑤였다.

TV만 틀면 성공한 사람들의 사례가 줄줄이 쏟아지고 그들은 마치 서로 약속이라도 한 듯 너무 하고 싶고 좋아하는 일을 하다 보니 여기까지 오게 되었노라고 말한다. 어느 때는 너무 피곤할 정도로 성공담이 쏟아지는 바람에 방송국에서 소재거리가 다 떨어진 모양이라며 볼멘소리까지 한 적도 있다.

우울하고 심난한 내용보다 파이팅할 수 있는 내용이 보기에는 더 좋지만 자칫 현실적인 한계와 무력감에 시달리는 사람의 입장에서는 그런 성공담이 그리 감동적으로 다가오지만은 않을 것 같다.

우리 주변에는 하고 싶고 좋아하는 일이 있었지만 중간에 포기해야 했던 사람들이 너무나 많고 미래에 대한 불안감으로 항상 만약의 경우를 대비하면서 살아야 하는 경우도 부지기수다. 그런 사람들에게 좋아하는 일을 하면서 부와 명예까지 얻은 사람들의 이야기는 나와 상관없는 다른 세상의 이야기로 들릴 것이다. 나는 그런 생각이 들 때마다 이상과 현실 사이의 괴리가 느껴져서 막막해지곤 했다.

나를 아는 사람들은 잘 알겠지만 나는 좋아하는 일을 하면서 성공하는 것이 목표다. 먹고사는 문제를 해결하기 위해 좋아하지도 않는 일을 억지로 하면서 살아가기를 바라는 사람은 아무도 없을 것이고 그것은 나도 마찬가지다. 문제는 그렇게 살지 않으려면 무엇을 어떻게 해야 하는지 정확히 알아야 한다는 것이다.

TV 프로그램에서 무한 재생되고 있는 성공담들이 단순히 성공한 모습 그 자체만을 보여주는 것에서 끝나는 것이 아니라 그들이 그렇게 되기까지 무엇을 어떻게 했는지를 구체적으로 다뤄준다면 그야말로 방송이 가지는 최고의 가치를 구현하는 것이 아닐까 생각한다.

직업과 진로, 미래 비전에 대한 담론들은 우리 사회뿐만 아니라 전 세계에 걸쳐 끊임없이 이야기되고 있다. 인터넷 등 정보 통신 기술의 발달로 현대인들은 인류 역사상 그 어느 때보다 다양한 정보를 접할 수 있게 되었다. 당장 서점에만 가도 성공하기 위한 다양한 방법론에 대한 책들은 무수히 많다.

하지만 정작 현대인들은 얄궂게도 그렇게 쏟아지는 정보의 홍수 속에서 갈피를 잡지 못하고 있다. 도대체 무엇이 문제일까? 나는 고심해보고 나서 그것이 성공하기까지의 과정보다는 성공한 이후의 모습에만 초점이 맞춰져 있기 때문이라는 것을 깨달았다.

'이런저런 이유 때문에 힘들었지만 포기하지 않고 열심히 하다 보니 좋은 날이 오더라' 식의 정리는 복잡하지 않게 성공할 수 있는 비결을 말해주는 것 같지만 거기에는 가장 중요한 한 가지가 빠져 있다. 그것은 바로 포기하지 않고 열심히 하면서도 잘해야 한다는 것이다.

하고 싶은 일을 하면서도 성공하기 위해서는 열정을 가지고 노력하되 잘하는 것을 목표로 삼아야 한다. 그래야 좋아하는 일을 하면서 먹고사는 문제까지 해결할 수 있는 행운을 거머쥘 수 있는 것이다.

'행운에는 머리는 없고 꼬리만 있다'는 말이 있다. 아차 하는 순간 행운이 지나가 버리고 만다는 것이다. 너무 흔한 말이라서 식상할 수도 있지만, 행운은 준비된 자가 기회를 만났을 때 잡을 수 있는 것이고 세상 어디를 가도 통용되는 진리이다.

좋아하는 분야에서 성공하고 싶다면 준비하며 기회를 기다려야 한다. 또 그 준비 과정은 잘하기 위한 노력으로 채워져야 한다. 그리고 그 노력은 양적·질적으로 서로 조화를 이루어야 한다. 어느 한쪽으로 치우쳐 균형이 맞지 않으면 행운은 꼬리만 보여주고는 어느새 우리 눈앞에서 사라져 버릴 것이다.

마음공부—세상에서 가장 예쁜 사람이 되는 방법

나는 세상에서 가장 예쁜 사람은 마음을 가꾸는 사람이라고 생각한다. 정말로 예쁜 사람이 되려면 외모만이 아니라 마음을 가꿀 줄 알아야 한다.

앞에서도 말했듯이 나는 어린 시절부터 예뻐지기 위해 온갖 노력을 다 기울였고 성형수술까지 받았었다. 지금은 많이 솔직해졌지만 10년 전만 해도 연예인들이 성형수술을 했다고 고백하는 경우가 드물었다. 그만큼 자연 그대로의 미인, 태어날 때부터 아름다운 외모를 가진 것을 부러워하던 때였다.

요즘은 거리에만 나가 봐도 눈에 띄는 선남선녀들이 제법 많다. 서울의 지하철역마다 대형 광고판에 성형외과 광고가 줄줄이 걸려 있는 것도 이제는 익숙한 광경이다. 조각처럼 잘 생기지는 않았어도 호감 가는 외모를 가진 사람은 '훈남'으로 불리고 인기가 높다. 외모도 경쟁력으로 받아들이는 시대에 뛰어난 외모는 분명 자랑거리가 된다.

하지만 보기 좋은 외모를 가진 것과 그 사람이 정말로 좋은 사람이라는 것은 다른 문제다. 정말로 중요한 것은 그 사람이 어떤 생각과 마인드를 가지고 있느냐이기 때문이다.

어느 정도 인생을 사신 분들이 사람을 볼 때 외모보다 생각을 먼저 보라고 말하는 이유도 여기에 있다. 물론 뛰어난 외모가 처음에는 호감으로 작용할 수 있지만 핵심은 외모가 아닌 마인드이다.

그래서 나는 외모를 가꾸는 일에 열심을 기울였던 것만큼 이제는 마음을 가꾸는 일에 많은 노력을 기울이고 있다. 예전의 내가 연예인이 되기 위해 외모 관리에 신경을 썼다면 지금의 나는 좀 더 좋은 강연을 하기 위해 마음공부에 열을 올리고 있다. 강단에 서서 듣기 좋은 소리 몇 마디 하는 것으로는 강연을 듣는 사람들에게 실질적인 도움을 주기 어렵다는 사실을 알고 있기 때문이다.

적어도 일부러 시간을 내어 강연을 들으러 오는 사람들은 삶에 대한 진지한 열정과 의욕이 있는 분들이다. 어떻게 인생을 사는 것이 좋은지, 당면한 문제를 어떻게 해결해야 하는지 치열하게 고민하고 있기에 일부러 시간을 내어 강연을 들으러 오는 것이다. 그렇기 때문에 보다 알찬 강연을 위해 꾸준한 마음공부가 필수이다. 그래야 청중들의 마음을 움직이고 조그마한 도움이라도 드릴 수 있다.

한때 나는 예쁜 외모를 갖게 되면 부와 명예가 저절로 따라올 것이라고 생각했다. 외모보다 마음을 가꾸는 일이 더 중요하다는 것을 미처 깨닫지 못했기 때문이다. 하지만 그때나 지금이나 변하지 않은 것은 누구와 비교해도 뒤지지 않을 나만의 품위와 매력을 갖고 싶은 마음이다.

나는 그것을 위해 마음공부를 하기로 했고 그러다 보니 어느 순간 너무나 많은 사랑과 애정을 받고 있는 나를 발견할 수 있었다. 특별히 나에게 꾸준한 조언과 격려, 응원을 해주시는 분들과 대화를 나누다 보면 내 첫인상이 유난히 강렬했다는 이야기를 자주 듣는다. 그 분들의 눈에 비친 나는 절박함과 간절함, 그리고 열정이 가득했다는 것이다.

나의 적극성이 성공을 향한 집착의 또 다른 모습인 것 같다고 말하는 사람들도 있다. 나는 그 말에 담긴 걱정과 우려를 잘 알고 있다. 그런데 다행스럽게도 지금 나의 진짜 목표는 가장 높은 곳에 올라가는 것이 아니라 나만의 고유 능력을 개발해 사람들과 소통하고 그들이 짊어진 삶의 무게를 조금이나마 덜어주는 것이다.

물론 그것이 절대 쉬울 것이라고는 생각하지 않는다. 단지 내가 가진 재능과 에너지를 사용해서 세상을 이롭게 하는 일에 보탬이 되고 싶고, 그 꿈을 이루기 위해 마음을 가꾸는 일에 최선을 다하고 있을 뿐이다.

세상에서 가장 예쁜 사람은 외모가 뛰어난 사람이 아니라 마음이 아름다운 사람이다. 정말로 예뻐지고 싶다면 외모뿐만 아니라 마음공부를 해야 한다. 지금 내가 전교 1등을 노리는 학생이나 된 것처럼 열심히 하는 공부가 바로 마음공부이다. 그렇게 마음공부에 열과 성을 다하는 이유는 그것이 다른 어떤 교육보다 가치 있는 삶을 살게 해주는 것이라고 생각하기 때문이다.

책을 읽을 때도 그냥 읽는 것이 아니라 마음에 와 닿는 구절에 표시를 해두고 여백에 내가 느낀 것을 같이 적어놓는 동안 나는 삶에 대한 나만의 잠언을 제법 모을 수 있었다. 다른 사람과 내 의견을 비교하면서 교훈도 얻고 의미도 나눈 덕분에 얻은 성과이다.

독서도 마음공부를 하기에 더할 나위 없이 좋은 방법이지만 최근에 나는 좀 더 생생한 교훈을 담은 공부방법을 찾아냈다. 바로 내 경험을 통한 공부다. 사실 나는 유난히 기억력이 좋은 편이다. 아주 어린 시절에 들었던 충격적인 말 한마디까지도 머릿속에서 선명하게 떠오를 때마다 나는 기억력이 너무 좋아도 인생 살기 참 힘드네 하면서 너스레를 떨곤 한다.

하지만 지난 경험을 떠올리는 것으로도 마음공부가 가능하다는 것에 생각이 미쳤을 때, 내 삶과 재능에 더 감사할 수 있게 되었다. 그래서 소소한 일상적인 일이었지만 마음공부를 시작한 지금의 나에게 잔잔한 교훈을 준 이야기 하나를 소개할까 한다.

내가 서울에 올라와서 공부하던 때의 일이다. 간혹 지하철에서 손때 묻은 종이에 구구절절한 사연을 적어 들고 다니며 사람들에게 도움을 청하는 사람들을 보곤 했다. 복잡한 서울의 지하철에서 그런 분들과는 잠시 스쳐지나가는 것으로 그치게 마련이지만 그 사람과 나는 어떤 인연이 있었던 것 같다.

그 사람을 처음 만났을 때 내 눈에 가장 먼저 들어온 것은 중간 부분부터 팔목까지가 기억자로 꺾여 있는 팔이었다. 앉아 있는 승객들에게 그가 나누어준 종이에는 삐뚤빼뚤한 글씨체로 자신이 장애인 가장이라는 글이 씌어 있었다. 세상을 등지려고 했으나 질긴 것이 목숨이라고 죽지 못해 살면서 거리에 나서게 되었다는 그는 단돈 100원이라도 도와주면 동생들과 함께 희망을 버리지 않고 살겠다고 했다.

그 사람이 사람들에게 나누어줬던 쪽지를 다시 걷어들이며 내 쪽으로 오는 동안 나는 사람들의 반응을 하나하나 살펴보았다. 고개를 돌린 채 외면하면서 종이만 얼른 내미는 사람도 있었고, 잠에 취해 그가 다가 왔는지조차 모르는 사람도 있었고, 지극히 거만한 태도로 팔짱을 낀 채 위아래로 그를 훑어보는 사람도 있었다. 그런데 중요한 것은 어느 누구도 그를 위해 지갑을 열지 않았다는 사실이다.

나는 그가 팔을 다쳤으니 일하기도 힘들겠구나, 설사 일자리를 구한다고 해도 모욕당하고 착취당하면서 살겠구나 싶었다. 그래서 얼른 지갑을 꺼내 그 안에 들어 있던 천 원짜리 지폐를 모두 꺼냈다. 쪽지와 함께 돈을 내미는 나에게 그는 한 번 더 인사를 하고 그 자리를 떠나갔다. 나는 그가 지나가는 뒷모습을 보다가 그가 다리까지 불편한 사람이었다는 걸 알았다. 헐렁한 트레이닝복이 엇박자로 걷는 그의 걸음을 따라 커튼처럼 나풀거렸다.

그 뒤로 나는 그 사람에 대한 생각을 까맣게 잊었다. 나는 변함없이 지하철을 타고 서울 곳곳을 누비고 다녔다.

그러던 어느 날, 여느 때처럼 지하철을 타고 가는데 누군가 앉아 있는 내 무릎에 종이 한 장을 올려놓았다. '저는 장애인 가장입니다'로 시작하는 그 짧은 글이 어쩐지 눈에 익었다. 글은 '도와주시면 다음 생에서라도 반드시 은혜를 갚겠다'는 말로 끝나 있었다. 다시 태어나서도 은혜를 갚겠다는 구절을 물끄러미 바라보다가 나는 가방에서 지갑을 꺼내 들었다. 그러고는 한 장 남아 있던 오천 원짜리 지폐를 꺼내 들고 기다렸다.

조금 뒤 어디까지 왔나 싶어 고개를 드는데 낯이 익은 한 사람이 가까이 오고 있는 것이 보였다. 하얗다 못해 누렇게 뜬 얼굴, 아무렇게나 자른 더벅머리 그리고 기역자로 구부러진 오른팔, 기억 저편에 묻혀 있던 그에 대한 기억이 되살아났다. 바로 전에 만났던 그 사람이었다. 그는 지난번처럼 돈을 주는 나에게 한 번 더 인사를 하고는 나머지 쪽지들을 걷어들고는 다음 칸으로 넘어갔다. 절룩거리며 걸어가는 그의 모습이 그날따라 유난히 눈에 밟혔다.

그 뒤로 그 사람을 다시 보지는 못했다. 그런데 최근 우연히 그에 대한 기억이 떠올랐다. 그리고 불행 중에도 감사할 줄 아는 그의 마음이 새삼 느껴졌다.

물론 어린 동생들을 데리고 당장 먹고사는 문제가 절박해서 별 의미 없이 튀어 나온 말일 수도 있다. 하지만 '도와주시면 다음 생에서라도 은혜를 갚겠다'는 구절을 본 순간, 나는 절망적인 상황에서도 삶에 대한 희망을 버리지 않았구나 싶어서 한순간 가슴 한구석이 뭉클했다.

여러 사람을 만나다 보면 자기가 듣고 싶은 것만 듣고 믿고 싶은 것만 믿으려는 사람들이 있다. 하지만 때때로 뜻하지 않게 보게 되는 것들을 통해 평소에는 생각하지도 못했던 교훈을 얻기도 한다. 보다 의미 있는 삶을 살기 위해서 그런 경험과 관심이 꼭 필요하다.

나는 마음공부가 보고 듣고 경험하고 느끼는 모든 것을 통해 가능하다는 것을 잘 알고 있다. 지금까지 살아오면서 나는 세상에서 필요하다고 생각하는 공부도 했고, 내가 하고 싶어서 한 공부도 있었지만 지금 가장 열과 성의를 다하고 있는 공부는 다름 아닌 마음공부이다.

전교 1등을 하겠다는 마음으로 시작한 만큼 나는 지금까지 했던 그 어떤 공부보다도 공들여 마음공부를 해나갈 계획이다. 만약 이 책을 읽고 나와 같은 생각을 하는 사람이 있다면 그 사람도 머지않아 원하는 목표를 하나씩 달성해가는 자신을 발견할 수 있을 것이다. 마음공부는 그만큼 개개인의 삶에 보이지 않은 자산이자 막강한 경쟁력이 되어 주기 때문이다.

삶에서 희망이 갖는 의미를 일깨워주고 그를 통해 감사할 줄 아는 마음을 이끌어내는 것은 오직 마음공부를 통해서만 가능하다. 이러한 가치를 좀 더 많은 사람들이 깨닫고 외모 가꾸기에만 치중하지 말고, 그 노력만큼 마음을 갈고 닦는 공부에 공을 들이는 사람들이 많아지기를 바란다.

못해도 괜찮아

대학원 시절, 나는 상담하는 것을 무척 좋아했고 잘한다는 소리도 제법 들었다. 하지만 진득하게 공부하는 학생은 아니었다. 지금이야 다 지난 일이지만 이따금씩 그때 생각이 나면 고개를 절레절레 흔들 정도로 대학원 과정에 적응하기가 힘들었다.

나는 배짱이나 강단이라면 어디 내놔도 빠지지 않았지만 석사 과정을 밟는 동안에는 이런 저런 눈치를 보면서 학교를 다녔고, 동기들 사이에서 은근히 왕따를 당하기도 했다. 하지만 나는 갑갑한 현실을 바꾸는 나만의 반전 기술이 있었고, 그 당시에도 그 기술을 십분 발휘했다.

'앞으로도 못하는 게 분명히 있을 거야. 그런데 못하면 좀 어때? 내가 못한다고 강산이 바뀌겠어 인생이 무너지겠어?'

처음 대학원에 진학한다고 했을 때, 공부는 아무나 하냐며 대책도 없이 살던 애가 대학원에 간다고 얼마나 달라지겠냐며 비아냥거리는 소리를 듣기도 했다. 그 일만 생각하면 그때 내가 느꼈던 조급함과 막막함은 전혀 이상할 것이 없었다. 그런 말까지 들었는데 공부까지 뜻대로 되지 않으면 누구라도 갈피를 못 잡고 방황했을 것이다.

하지만 나는 조금씩이라도 나아지기 위해서는 어떤 말이라도 받아들이고 토닥여주는 것이 중요하다는 것을 잘 알고 있었다. 또 멈추지 않고 길을 가다 보면 언젠가는 목적지에 다다를 것이라는 아빠의 격려 덕분에 인내심과 용기를 낼 수 있었다. 좋은 결과라는 문에 딱 들어맞는 열쇠는, 부정적인 감정이 아니라 긍정적인 생각이라는 것을 나는 그때 깨달았다.

돌이켜보면 나는 대학원에서의 시간을 통해 마음공부를 많이 했고 그만큼 성장할 수 있었다. 사람의 생각이 그 사람의 현재 상태에 얼마만큼 영향력을 미치는지에 대해서도 고민해볼 수 있었고, 부정적인 생각에 빠져 있는 사람에게 삶에 대한 감사와 기쁨을 되찾아주는 방법도 터득할 수 있었다.

한번은 자살을 결심했던 아이가 내가 해준 우리 아빠 이야기를 듣고 마음을 되돌린 일이 있었다. 할머니와 함께 살던 아이였는데 자존감이 극도로 떨어져 있는 상태였다. 자살을 생각하는 이유는 저마다 다르지만 그들 모두의 공통점은 낮은 자존감이었다. 아무런 쓸모도 없는 사람이라는 생각이 살고 싶은 의욕을 무참히 꺾을 때 사람들은 자살의 유혹에 빠진다.

여러 사람의 사랑과 수고로 세상에 태어난 한 생명이 순리에 맞지 않은 죽음을 선택한다는 것 자체가 엄청난 비극이다. 아이들은 질풍노도의 청소년기를 지나면서 지금의 자신이 있기까지 누군가의 수고와 애정이 있었다는 사실을 미처 생각지 못할 수도 있다. 하지만 주변 사람들로부터 따뜻한 애정과 관심을 받는다면 자신이 살아야 할 이유를 다시 발견할 수 있다. 그렇게만 된다면 자살이라는 극단적인 선택은 크게 줄 것이다.

어떤 사람의 자존감이 낮아지는 데는 수많은 경우의 수가 작용한다. 공부든 다른 무엇이든 자기 뜻대로 잘 되지 않을 때 누구나 의기소침해지고 심하면 자신이 아무런 쓸모도 없는 사람이라고 느낄 수도 있다.

나도 대학원 공부가 힘에 부칠 때, 좌절감과 낭패감 때문에 괴로웠다. 하지만 마음에 들지 않는 현재 상황을 바꾸기 위해서는 먼저 잘하지 못하는 자기 자신을 받아들이고 인정하는 것부터 시작이라는 것을 잘 알고 있었기 때문에 결국 극복할 수 있었다.

현대사회에서는 눈에 보이는 성과를 만들어내는 것이 정말 중요하다. 그러나 누구나 바라 마지않는 가시적인 성과를 내기 위해서는 반드시 전제되어야 할 것이 있다. 바로 자신의 능력에 대한 믿음이다. 잘해낼 수 있다는 확신만 있다면 지금 비록 잘하지 못해도 큰 문제가 아니다.

"못하면 어때? 그런다고 인생이 무너지나?"

어떤 목표를 설정해놓고 그것을 달성하고 싶은데 잘 되지 않는다면 일단 가슴속에 가득 차 있는 조급함과 부담감을 버려야 한다. 설사 그 일이 만족할 만한 결과로 이어지지 않는다고 해도 자신의 가치는 그 일보다 훨씬 크다는 것을 기억해야 한다. 한 생명에게 주어진 가능성과 잠재력은 어느 한 가지 일만을 가지고 평가하고 판단하기에는 너무나 큰 것이기 때문이다.

어린 나이에 자살이란 극단적인 선택까지 생각했던 아이에게 내 어린 시절과 우리 아빠 이야기를 해준 데는 이유가 있었다. 우리 아빠에게 나는 공부를 잘하고 못하고를 떠나 무조건 귀하고 소중한 딸이었다. 나는 그 아이를 키워 주신 할머니도 그러시지 않을까 생각했기 때문이다. 그래서 내 이야기를 했을 뿐인데 그 아이에게 진심 어린 피드백을 받았던 것이다. 나는 지금도 그때를 너무나 감동스럽고 감사하게 기억하고 있다. 그 일 덕분에 사소한 일에도 진정성이 더해지면 맑고 깨끗한 에너지가 생긴다는 것을 깨달은 것도 지금의 나에게 큰 자산이다.

나는 초등학교 때부터 대학원까지 학교를 힘들게 다녔던 학생이었다. 그랬기 때문에 지금 힘들어 하는 아이들에게 학교가 즐거운 곳이라는 것을 알려주고 싶다.
학교에서의 성과가 인생의 모든 것을 결정하지는 않는다. 가장 중요한 것은 학교를 다니면서 내가 하고 싶은 일 즉, 꿈과 비전을 발견하는 일이다. 지금 당장 잘하고 못하고에 사생결단을 낼 필요는 없다. 세상은 학교보다 훨씬 넓고 무궁무진하며 가능성이 있는 곳이다.

성적이나 학교생활 때문에 힘들어 하는 아이들에게 어른으로서 해줄 수 있는 말은 너무나 많다. 그리고 그것은 사회생활을 하는 사람들에게도 도움이 될 것이다. 지금 당장 잘하지 못한다고 기죽을 일도 좌절할 일도 아니다. 그것이야말로 정말로 '못하는 것'이고, 다른 일을 잘할 수 있는 가능성마저 훼손하는 것이다.

심리학보다
더 재미있는 공부

초등학교 때 나는 어느 해 생일 선물로 책 한 권을 받은 적이 있었다. 미국이 낳은 세계적인 작가 오 헨리의 단편집이었다. 그 책에는 널리 알려져 있는 오 헨리의 대표작 〈마지막 잎새〉와 〈크리스마스 선물〉을 포함한 여러 편의 단편소설이 실려 있었다. 나는 그 책을 지금도 몇몇 구절을 정확히 기억할 정도로 읽고 또 읽었다. 나이는 어렸지만 나는 그의 작품에 담겨 있는 따뜻한 휴머니즘을 유난히 좋아했기 때문이다.

얼마 전 나는 절판도서 판매 사이트에서 오래 전에 읽었던 그 책을 발견했다. 발행년도 1994년, 내가 오 헨리의 단편집을 처음 접했던 해에 발행된 책이었다. '누군가가 소장하고 있던 책을 정리하면서 나온 모양이구나'라고 생각하며 주문 창을 클릭했다.

다음 날, 책이 담긴 택배 상자가 집에 도착했고 나는 아주 오랜만에 어린 시절 손에서 놓지 않았던 그 책을 다시 읽어 내려갔다.

책의 내용은 예전 그대로였지만 20년이 넘는 세월을 지나온 지금의 나에게 오히려 더 예민하게 느껴지는 것이 있었다. 생명의 소중함이란 부분이 바로 그것이었다.

오 헨리의 대표작 〈마지막 잎새〉에서 마지막 잎새가 의미 있는 이유는 삶을 포기하려던 한 사람에게 삶의 의욕을 되찾아주었기 때문이다. 마지막 잎새가 떨어지던 날 밤, 담벼락에 그려진 또 하나의 마지막 잎새가 화가 베르만의 걸작으로 묘사된 이유도, 절망했던 한 사람에게 살아야 하는 이유와 삶의 가치를 깨닫게 해주었기 때문이다.

발표된 지 벌써 100년이나 지난 이 작품이 지금도 생명력을 가지고 있는 것은 시대를 초월한 휴머니즘을 담고 있기 때문일 것이다. 또 서른을 훌쩍 넘긴 내가 이 책을 읽고 어린 시절 느꼈던 것보다 더 큰 울림을 느낀 것은 어릴 때는 막연하게만 느껴졌던 그 무언가가 실체를 가지고 가슴에 와 닿았기 때문이다.

10대 초반이었던 그 때보다 나는 삶의 소중함과 생명의 가치에 대해 더 잘 이해하고 실감했다. 만약 내게 〈마지막 잎새〉가 가지고 있는 가치와 교훈에 대해 설명할 기회가 있다면 어느 때보다 긴 시간이 필요할 듯싶다. 그만큼 지금까지 살아오는 동안 나는 개개인에게 주어진 삶의 기회가 얼마나 소중한 것인지를 배울 수 있었고 그것은 내가 심리학보다 더 좋아하는 공부, 마음공부를 통해서였다.

학창시절 교과서에서는 배운 적도 없고 대학원에서 박사과정까지 공부하는 동안에도 한번도 깊게 다뤄보지 않았던 '삶의 지혜'를 나는 마음공부를 하면서 비로소 눈을 뜰 수 있었다.

누구나 생각은 할 수 있지만 그것이 진실인지는 확신하기 어려웠던 것들에 대해 나는 많은 것을 배우고 생각할 수 있었고 그런 노력들이 밑바탕이 되어 강사로서도 활동할 수 있었다.

'마음공부'가 나에게 준 선물은 그것뿐만이 아니었다. 공부를 하면 할수록 다른 사람의 마음을 더 잘 공감할 수 있었고 고통스러운 상황에서도 문제의 본질을 관조할 수 있는 나름의 통찰력도 얻을 수 있었다.

매우 조심스럽지만, 여기서 잠깐 아직까지도 많은 이슈를 낳고 있는 세월호 참사에 대해서 짧게나마 언급하려고 한다. 세월호 참사는 그 나이 또래의 청소년들을 교육하고 상담하는 사람으로서 많은 생각을 했던 사고였기 때문이다.

2014년 4월 16일, 참사가 일어나기 전까지 나는 희생자들과 일면식은커녕 안산에 단원고라는 학교가 있는지도 몰랐다.

어떻게 보면 세월호 사건은 내게 말 그대로 '남의 일'일 수도 있었다. 하지만 나는 이 사고가 그저 남의 일로 치부되어서는 안 된다고 생각한다. 왜냐하면 이러한 참사가 나를 비롯해 우리 사회 모두에게 남의 일이 된다면 앞으로도 이러한 비극적 참사는 반복될 수밖에 없기 때문이다.

아직까지도 의견이 분분하지만 세월호 참사와 같은 대형 사고는 어느 한 가지로 그 원인을 설명할 수 없다. 수없이 많은 이유가 복합적으로 얽혀서 300여 명이나 되는 무고한 인명의 희생으로 이어진 것이다. 그중 나에게 가장 뼈아프게 다가온 것은 '인간의 생명'이 너무나 하찮게 취급되었다는 것이다.

좀 더 많은 화물을 실어 경제적 이득을 얻으려고 평형수를 뺀 해운사 측의 무책임과 안일함이 참사의 한 원인이라는 것은 너무나도 잘 알려져 있다. 그들이 기본적으로 생명보다 돈을 우선시했기에 이런 어처구니없는 참사가 벌어진 것이 아닌가.

시간이 지나면서 진영논리에 휩싸여 세월호 사고의 본질이 흐려졌지만 희생된 아이들이 속한 세대들은 조용히 그러나 낱낱이 이러한 행태들을 들여다보고 있었다. 나는 이것이 훗날 어떤 파급력을 갖게 될지 벌써부터 우려가 된다.

이 아이들에게 지금의 기성세대가 무슨 말이라도 할 수 있으려면 지금이라도 우리 사회가 희생자들에게 무엇을 빚지고 있는지 한번쯤 생각해볼 기회를 가져야 한다. 그들의 생명이 희생되었기에 우리가 그동안 무엇을 소홀히 했고 무엇을 잘못 이끌어왔는지 알게 되었기 때문이다.

아프고 고통스러운 일임에도 불구하고 이 문제를 이야기해야 하는 이유는, 단순히 운이 나빠서, 놀러가다가 사고로 죽은 것이라고 하기에는 지금의 우리 사회가 희생자들의 죽음에 너무 많은 빚을 지고 있기 때문이다. 그리고 이런 일일수록 이해와 배려, 성숙한 의식이 전제된 접근이 필요하다.

오래 전, 어린 시절에 읽었던 오 헨리의 단편소설 〈마지막 잎새〉가 지금의 나에게 더 큰 울림을 주는 것도 내가 생명의 가치보다 다른 가치가 우선시되고 그것이 초래하는 폐해가 적나라하게 드러난 현실에서 살고 있기 때문일 것이다.

나는 세월호 침몰과 같은 비극적인 대형 참사를 본질적으로 막는 방법의 하나로 '마음공부'가 아주 작은 역할이라도 할 수 있지 않을까 기대하고 있다. 마음공부를 통해 인간답게 살아가는 것에 대해 고민하고 상생과 조화의 가치를 중시하는 사람들이 점차 많아진다면 비로소 우리 사회의 갈등과 분열을 봉합할 수 있는 새로운 에너지원을 가질 수 있을 것이라고 믿기 때문이다.

마음공부는 나에게 심리학보다 재미있고 절실하게 하고 싶은 공부이다. 왜냐하면 이 공부를 통해 나는 삶에 대해 감사할 줄 알게 되었고, 다른 사람의 고통을 포용하고 보듬을 줄 아는 능력 또한 갖게 되었기 때문이다.

나에게 이런 것들을 생각하게 해준 세상의 모든 것들에 감사한다. 내가 이 글을 통해 이야기하고자 하는 바가 따뜻한 세상을 만드는 데 조금이나마 보탬이 되길 바란다.

오지랖 증후군

경제학자들이 기회비용의 원리에 대해 설명하면서 자주 인용하는 말이 있다. '세상에 공짜 점심은 없다There is no such a free lunch in economy'이다.

서부 개척 시대, 술집에서 일정량 이상의 술을 마시는 단골손님에게 점심을 공짜로 주던 데서 유래한 프리 런치Free Lunch는 말 그대로 보면 돈 없이도 먹을 수 있는 점심을 뜻하는 것이었지만 실상은 술값에 밥값이 이미 포함되어 있었다고 한다. 내가 먹은 점심이 거저 얻어지는 경우는 없다. 어떤 방식으로든 대가를 지불해야 하는 것이다.

자본주의 시대인만큼 경제논리는 사회 전반에 걸쳐 막강한 영향력을 가질 수밖에 없다. 물질문명이 고도로 발달한 현대사회에서 자본은 물질을 제조하고 유통시키는 수단이다. 따라서 시장경제논리가 다른 가치를 압도하는 현상도 부자연스럽다고 볼 수는 없다.

하지만 그러한 현상에 대해 옳고 그름을 가린다면 이야기는 달라진다. 인간은 육체를 가지고 있는 존재이기에 물질의 혜택도 필요하지만, 동시에 영혼도 가지고 있기에 영혼의 문제에 맞는 가치체계 또한 필요하다. 그렇기 때문에 인간이 물질과 자본의 논리로만 살아갈 수는 없는 것이다.

그런데도 우리 주변에서는 정신적인 차원에서 다뤄야 할 문제를 물질을 다루는 자본논리 또는 경제논리에 대입시켜 생각하는 경우가 종종 있다. 그런 방식의 접근이 진심을 왜곡하고 순수성마저 훼손할 수밖에 없는데도 견고하게 형성된 물질 논리의 프레임에 갇혀 그 너머의 실체를 보지 못하는 것이다.

개인적으로 나는 그러한 사고체계의 폐해 때문에 많은 피해를 본 사람이다. 주변 사람들의 부탁을 잘 거절하지 못하고 다른 사람의 문제에 신경을 쓰는 오지랖 넓은 성격 때문에 이런저런 오해도 많이 받았다.

"이런다고 네가 얻을 수 있는 것이 뭔데? 진짜 오지랖 넓은 것도 너 정도면 중증이다."

대가를 바라지 않고 주는 도움이 현대인들에게는 껄끄럽게 느껴지기도 한다. 당장 눈에 보이지는 않아도 내 손에 쥐어지는 것들에는 언제나 값이 매겨져 있다는 경제논리에 길들여진 덕분에 대부분의 사람들은 특별한 이유나 명분 없이 다른 사람의 일에 지속적인 관심을 가지는 일을 굉장히 불편해한다. 사실 나는 이런 인식 때문에 별명 아닌 별명을 달고 다녀야 했다. 그것은 다름 아닌 '오지랖 증후군 환자'였다.

'오지랖이 넓다'의 사전적 의미를 찾아보면 '쓸데없이 지나치게 아무 일에나 참견하는 면이 있다'라고 나온다. 풀이에서부터 부정적인 뉘앙스가 짙게 배어나오는 표현이다. 하지만 청개구리 기질 때문인지 나는 내가 앓고 있는 이 오지랖 증후군이 너무 좋다. 그것이 내 천성이기 때문이다.

물론 이런 나를 이상하게 보는 사람들도 넘치도록 많고 일종의 처세술이라면서 영악하기로는 따를 자가 없다고 혹평하는 사람들도 있다. 그런 말을 들을 때마다 안타깝고 막막한 마음에 한숨부터 나오지만 그렇다고 전혀 이해를 못하는 것도 아니다. 앞에서 밝힌 대로 자본과 경제논리의 프레임으로 세상을 바라보면 그런 견해를 가지는 것도 얼마든지 가능하기 때문이다.

다행스러운 것은 내 진심을 알아주는 사람들도 있기 때문에 나를 비판적으로 바라보는 사람들 사이에서도 평정심을 유지할 수 있다는 점이다. 아무것도 바라지 않고 도와주고 있다는 것을 알아주고 내 도움에 힘입어 살아갈 용기를 얻는 사람도 있어서 나는 보람을 얻는다. 다른 사람에게 조금이나마 도움이 되었다는 뿌듯함이 나 자신에게 대가로 돌아오는 것이다.

물론 이런 생각을 상식에 비춰 끼워 맞추기식으로 자기만족을 하는 것이라고 비판하면서 있지도 않은 다른 속내를 집요하게 파고드는 사람도 있다. 솔직히 말해서 나는 그런 주장에 기를 쓰고 반박할 의사가 전혀 없다. 왜냐하면 사람의 마음을 진심이 아닌 상식으로 판단하는 한, 결과는 늘 뻔할 것이기 때문이다.

수학문제에도 저마다 공식이 있듯이 우리가 살아가면서 겪는 다양한 문제들에도 각자에 맞는 공식이 있다. 그리고 다른 사람을 도우려는 마음에 대해 판단할 때는 물질의 논리가 아닌 영혼의 논리로 접근하는 것이 타당하다.

내어주는 만큼 없어지는 물질과 달리 다른 사람에게 건네는 마음은 나누면 나눌수록 더욱 커지는 속성이 있다. 몇몇 사람들이 오지랖이라고 비웃고 평가절하하는 나의 진심도 주면 줄수록 더 커지기 때문에 나는 오늘도 기꺼이 오지랖 증후군 환자로 살고 있다.

누군가가 당신의 진심을 오해하고 비난한다고 해도 움츠러들지 않길 바란다. 당신은 세상을 보다 살만 하고 따뜻한 곳으로 만들고 있는 것이며, 자기 자신에 대한 뿌듯함은 언제나 덤으로 따라오는 보상일 테니.

마인드 뷰티를 위한 좋은 독서 습관

세계적인 기업가로 인정받는 애플의 창업자, 스티브 잡스가 생전에 이런 말을 한 적이 있다.

"만일 내가 소크라테스와 함께 점심을 먹을 수만 있다면 애플이 가지고 있는 모든 기술을 내놓겠다."

아는 사람은 알겠지만, 그는 대학 시절부터 유명한 독서광이었고 특히 인문고전에 심취해 있었다. 소크라테스와 점심 한 끼를 먹을 수 있다면 애플이 가진 모든 기술을 내놓을 수 있다는 말은 그가 얼마나 인문학적 소양과 역량을 중요시했는지를 알게 해준다. 그는 애플의 제품이 창의적이라고 평가받는 이유를 '기술과 인문학의 교차점'에 서 있기 때문이라고 말한 바 있다. 이 발언은 인문고전을 읽는 일이 그에게 단순히 '지식 쌓기'용이 아니라 경영철학을 세우는 일과 밀접하게 연관되어 있었다는 것을 의미한다.

물질문명이 고도로 발달하고, 이른바 '실용학문'이 각광받는 이 시대에 아리스토텔레스, 플라톤, 소크라테스 등 고대의 철학자들이 사유했던 '인간이란 무엇인가'라는 질문은 얼마 전까지만 해도 현실세계와는 동떨어진 사람들이나 탐구하는 분야로 인식되었던 것이 사실이다. 하지만 스티브 잡스 같은 세계적인 기업가들이 인문학의 중요성에 대해 역설하고 이에 영향을 받은 우리나라에서도 개개인의 창의성이 중요 경쟁력으로 부각되면서 인문학적 사고력, 창의적인 사유체계를 갖추는 일의 필요성이 점차 대두되기 시작했다.

이러한 흐름은 오늘날 경제 · 문화 패러다임의 변화를 발 빠르게 눈치 채는 사람들 사이에서 효율적인 독서 습관의 확립에 대한 관심을 갖도록 했다. 독서만큼 사고력을 증진시키고 창의성을 키우는 데 좋은 방법은 드물기 때문이다.

현재 우리나라 기업에서도 신입사원 공채 때 인문학적 지식과 통찰력을 확인하는 과정을 신설하고 있는 추세이다. 현대자동차에서 이공계 지원자를 대상으로 실시한 인성 · 적성 검사에서 역사 · 에세이 문제를 낸 것이 좋은 예이다.

이 문제에서 현대자동차는 신입사원들에게 역사적 관점을 기반으로 기업의 미래를 어떻게 이끌어갈 것인가를 물었다. 역사에 대한 지식은 물론 인문학적 통찰력과 역사관을 종합적으로 파악해 그룹의 인재상에 적합한 지원자인지를 판단하겠다는 의도였다.

당연한 말이지만 이러한 역량과 자질은 하루아침에 만들어지는 것이 아니다. 제아무리 암기력이 탁월하고 임기응변에 능하다고 해도 오랜 기간 동안 다독多讀을 통해 쌓은 통찰력과 사고력을 넘어설 리 만무하다.

독서는 한 인간이 역량과 자질을 키우는 데 더할 나위 없이 좋은 방법이자 인류의 유구한 역사를 통해 그 효과가 입증된 방법이다. 현자들이 쓴 한 권의 책이 인간의 삶의 질을 바꿔놓을 수 있다는 사실은 다양한 사례를 통해 증명되고 있다. 독서의 영향력은 비단 자질과 역량 면에서 그치지 않는다. 품성과 인격을 닦는 데도 독서만큼 좋은 방법은 드물다. 한 권의 양서良書는 독자의 역량을 높여줄 뿐만 아니라 인품에도 영향을 미치기 때문이다.

독서를 통해 우리는 보다 폭넓은 사고를 할 수 있고 그만큼 현명하고 올바른 판단을 할 가능성이 높아진다. 슬기롭고 명민한 사람일수록 넉넉하고 품격 있는 인품을 가질 확률이 높은 것도 이 때문이다. 그들은 눈에 보이는 것이 전부가 아니라는 것을 잘 알고 있고, 편견과 고정관념, 아집, 이기심, 비관적 사고 등이 인간의 삶을 얼마나 황폐하게 만드는지 누구보다 잘 이해하고 있다.

현명한 사람들은 인간 심리의 모순, 불합리를 통찰할 수 있는 능력을 가지고 있으며 그런 약점들이 인간의 삶에 어떻게 작용하고 어떤 결과를 초래하는지를 분별해낸다. 나아가 그런 부정적인 관념들의 영향력을 최소화하기 위해 의식적으로 노력한다. 그것이 곧 삶을 안정시키고 풍요롭게 만든다는 것을 이해하기 때문이다.

사람과 사람이 조화를 이룰 때 삶은 보다 의미 있고 윤택해진다. 개개인이 조화를 이룬다는 것은 서로가 인정하고 존중하며 배려한다는 것을 의미하며 그런 환경 속에서는 불화, 다툼, 이기심 등이 끼어들 여지가 줄어들게 마련이다. 독서는 이러한 조화로움이 인간의 삶에 얼마나 큰 영향력을 미치는지 깨닫게 한다. 즉, 책을 읽는 목적에는 지식을 쌓기 위한 것도 있지만 지혜를 얻어서 삶의 여러 문제들을 보다 현명하게 해결하기 위한 것도 포함되어 있다. 또한 그러한 과정을 거치면서 성숙한 인격과 자질을 키우는 것이 독서의 진정한 가치라고 할 수 있다.

마인드 뷰티는 자신이 진정으로 원하는 것을 분별하고 그것을 얻기 위해 갖춰야 할 자질과 역량을 키우기 위한 과정이다. 동시에 보다 품격 있는 인품을 닦아가는 과정이기도 하다. 그런 측면에서 독서는 마인드 뷰티를 이루는 데 더할 나위 없이 좋은 방법이자 역사적·사회적인 측면에서도 그 효과가 입증된, 더 없이 유용한 방법이다.

앞에서도 말한 것처럼 독서, 특히 인문학 도서 읽기는 사회 구성원으로서의 경쟁력을 키워주는 것은 물론 나아가 넉넉한 인품과 현명한 판단력을 갖게 해주는 방법이다. 마인드 뷰티를 이루려는 사람이라면 다양한 인문학 도서를 가까이할 것을 권한다. 그것이 곧 우리 개개인은 물론 우리 사회를 근본적으로 변화시키는 첫걸음이 될 것이다.

삶에서 희망이 갖는 의미를 일깨워주고 그를 통해 감사할 줄 아는 마음을 이끌어내는 것은 오직 마음공부를 통해서만 가능하다. 이러한 가치를 좀 더 많은 사람들이 깨닫고 외모 가꾸기에만 치중하지 말고, 그 노력만큼 마음을 갈고 닦는 공부에 공을 들이는 사람들이 많아지기를 바란다.

제5장

젊음은 도전,
꿈을 주차하지 말라!

인 어 뷰티 in a beauty
이너 뷰티 inner beauty

케이블 채널에서 시즌제로 방송되는 프로그램 중에 '렛 미인'이라는 프로그램이 있었다. 선천적인 장애나 불가피한 이유로 외모 콤플렉스를 가지게 된 사람들을 일정 기간 동안 치료·관리해서 달라진 모습을 갖게 해주는 일종의 힐링 프로그램이다.

방송을 통해 사연이 공개되는 지원자들의 면면을 살펴보면 단순히 '예쁘지 않다' 수준이 아니라 자존감에 치명적인 상처를 줄 수 있을 정도로 심각한 문제를 가지고 있는 경우가 대다수였다. 그 프로그램은 말 그대로 외모 때문에 정상적인 사회생활이 어려운 절박한 사람들을 위한 것이다.

일각에서는 성형을 조장하는 프로그램이라는 비판도 있었지만 지원자들의 안타까운 사연들을 들어보면 그 프로그램이 외모지상주의에 편승해 인기를 끌었다는 느낌은 크게 들지 않았다. 아마도 '렛 미인'이 궁극적으로 지향했던 점이 단순한 외모 가꾸기가 아니라 자신감 회복을 통한 건강한 자아 확립이었기 때문이 아닌가 싶다.

특정 프로그램에 대해 이렇게 장황한 설명을 하는 이유는 아름다움에 대한 이야기를 하고 싶어서이다. 아름다움이란 조화롭고 균형 잡힌, 어떤 사물을 보았을 때 느껴지는 감정이다. 물론 그것도 아름다움에 포함된다. 하지만 아름다움이 사물에만 해당하는 것은 아니다. 눈에 보이는 실체를 확인할 수는 없지만 사랑과 평화, 안정을 느낄 수 있는 모든 현상에도 아름다움이 내재되어 있다.

전자가 아름다움이 고정되어 있는 상태라면 후자는 애쓰고 수고하여 가꾸는 아름다움이라고 할 수 있다. 렛 미인의 지원자들이 일정 기간의 관리를 통해 달라진 모습을 갖게 된 그 시점에는 아름다움이 고정되어 있다고 볼 수 있다. 하지만 그 과정을 거쳐 가지게 된 자신감, 건강한 자아는 본인이 의지만 있다면 지속적으로 유지해갈 수 있다. 그렇기 때문에 후자의 경우는 아름다움을 재생산하는 통로로 활용될 수 있다.

젊고 건강한 신체에서 느껴지는 아름다움도 가치 있지만 지속성을 가진 내면의 아름다움을 가꾸는 일도 소홀히 하지 않는 것이 아주 중요하다. 그래야 우리가 살고 있는 이 세상이 보다 아름다운 세상으로 한 발짝 더 다가갈 수 있기 때문이다.

강연 중에 아름다움에 대해 이야기할 때 나는 전자를 인 어 뷰티In a beauty, 후자를 이너 뷰티Inner beauty라고 설명한다. 두 개념의 가장 큰 차이는 먼저 전자에는 나이제한이 있지만 후자에는 나이제한이 없다는 것이다. 아름다움이 결코 젊음에만 국한되어 있는 개념이 아니듯이 세월의 흐름에 따라 나이를 먹고, 보다 안정되고 균형 잡힌 시선으로 사람과 세상을 보듬을 수 있는 사람이 가지는 아름다움, 우리가 궁극적으로 추구할 만한 가치가 있는 아름다움은 바로 그것이 아닐까.

그런 이유에서 사랑과 봉사, 희생을 몸소 실천한 위인들의 삶에서는 늘 이너 뷰티의 진정한 가치가 발견된다. 어떤 사람들은 팍팍한 현대사회에서 그런 희생정신은 성인聖人에게서나 찾아볼 수 있는 것 아니냐고 할 수도 있다.

하지만 성인들이라고 해서 태어날 때부터 일반인보다 우월한 도덕적 자질을 가지고 있었던 것은 아니다. 개개인에 따라 다르지만 성인으로서 이름이 알려진 분들의 삶을 보면 어떤 계기 때문에 사랑과 봉사의 가치를 깨달은 경우가 많았다는 것을 알 수 있다.

마더 테레사의 사례를 보자. 테레사 수녀는 가난한 사람과 병든 사람, 고아들에게 구원의 손길을 뻗음으로써 다른 사람들의 선행을 이끌어낸 위인으로 평가되고 있다.

물론 세상에는 테레사 수녀처럼 이름이 알려지지는 않았어도 보이지 않는 곳에서 봉사와 희생을 통해 사랑을 실천하고 있는 분들도 많다. 그 분들과 테레사 수녀의 차이점이라면 이름이 알려지고 알려지지 않은 것밖에 없을 것이다. 테레사 수녀가 행한 선행이 많은 사람들에게 귀감이 된 것은 분명 사실이지만 그렇다고 특별한 사람들만 그런 선행을 할 수 있는 것은 아니다. 마음만 있다면 누구나 소외된 사람들에게 손을 내밀어줄 수 있다.

테레사 수녀처럼 가난한 자들을 위해 전 생애를 바치는 일이 쉬운 일이냐고 반론하는 사람도 있을 것이다. 물론 그렇다. 하지만 그분처럼 소외된 사람들을 위해 전적으로 희생하지 않는다고 평범한 사람들이 하는 선행의 가치조차 퇴색하는 것은 아니다. 정말 중요한 것은 다른 사람을 생각하는 이타심이 있느냐 없느냐일 뿐이다.

널리 알려져 있듯이 테레사 수녀는 1979년에 노벨 평화상을 수상했다. 그분이 보여준 사랑과 희생정신이 세계평화를 증진시키는 데 기여했다는 것을 인정한 것이다. 테레사 수녀가 그러한 희생과 봉사정신을 보여줄 수 있었던 것은 인류 전체가 하나의 거대한 운명공동체라는 것을 깨달았기 때문일 것이다.

당연한 말이지만 우리가 살고 있는 세상의 평화는 몇몇 성인들의 이타심만으로 이루어지는 것이 아니다. 보다 많은 사람들의 선한 마음과 이해, 배려가 모여서 유지될 수 있는 것이다. 이것은 고정된 형태로서의 아름다움이 아닌, 지속적인 관심과 수고가 필요한 일인 만큼 앞에서 언급한 이너 뷰티의 자세와 마인드가 필요하다.

사랑과 평화를 느낄 수 있는 모든 현상에 내재되어 있는 것을 아름다움이라고 한다면 우리가 인종, 국적, 세대 차이를 넘어 추구해야 하는 아름다움이 바로 그것이라고 할 수 있다. 인류의 삶의 질을 향상시키고 모순과 부조화에 신음하는 소외된 자들을 살리는 일에는 외적인 아름다움보다 내적인 아름다움이 가지는 파급력이 훨씬 강하기 때문이다.

물질문명이 고도로 발달한 현대사회에서 타인과 나를 구별하지 않는다는 것이 쉬운 일은 아니다. 하지만 너와 내가 서로 상관없는 타인이 아닌, 하나의 끈으로 이어져 있는 운명공동체라는 것을 인식해야 한다.

현대인들은 자국의 정치, 사회, 문화와 관련된 뉴스는 물론 지구촌 전체의 이슈까지도 실시간으로 확인할 수 있는 시대에 살고 있다. 역사가 시작된 이래 사람과 사람 사이가 이처럼 '기술적으로 가까워진' 시대도 없을 것이다.

하지만 아이러니하게도 인간관계는 그 어느 때보다 멀어지고 있다. 오로지 자기만을 생각하는 극단적인 이기주의와 타인에 대한 무관심, 방종으로 일어나서는 안 되는 일이 발생하는 것을 우리는 하루가 멀다 하고 확인하고 있다. 외적으로는 이전 시대보다 풍요롭고 안락해졌지만 그것이 내면의 아름다움을 가꾸는 일로 이어지지는 안했기 때문이다.

그렇기 때문에 테레사 수녀와 같은 성인들이 보여준 이너 뷰티, 즉 '내면의 아름다움을 갈고 닦는 일'에 관심을 기울이는 것이 너무나 중요하다. 외적인 아름다움과 내적인 아름다움이 조화를 이룰 때, 세상에는 비로소 참된 안정과 평화가 자리 잡을 것이고 그것이 곧 전체 인류를 살리는 길이 될 것이기 때문이다.

당신의 아름다움,
지금 어디 있나요?

로마의 시인이었던 유베날리시스는 일찍이 '건강한 신체에 건강한 정신이 깃든다'고 말했다. 그의 작품에 실려 있는 이 구절은 오랜 세월에 걸쳐 회자되었고 외모를 가꾸고 신체의 아름다움을 유지하는 일의 명분과 당위성을 설명하는 데 쓰이곤 했다.

솔직히 말하면 나는 이 구절의 의미를 꽤 오랫동안 잘못 이해하고 있었다. 풍자시인이었던 유베날리시스는 당시 로마인들이 게으르고 도덕적으로 타락한 것을 비판하며 마음이나 생각도 건전하게 가지라는 의미로 이 구절을 쓴 것이었고 나는 그 의미를 최근에야 알았다. 로마 시대 특유의 향락적인 문화가 인체의 아름다움을 극도로 중시한 데서 나온 말인 줄 잘못 알았기 때문이다.

유베날리시스가 살던 로마시대나 지금이나 마음을 가꾸는 일보다 눈에 보이는 육체적 아름다움에 더 많은 수고와 노력을 들이는 풍토는 여전히 지속되고 있다. 물질문명이 고도로 발달하면서 정신의 문제에도 관심을 가져야 한다는 목소리가 높아지고는 있지만 아직은 내적인 아름다움보다 외적인 아름다움의 가치가 더 중시되고 있다.

뉴스나 시사프로그램을 통해 우리는 이른바 '성형관광'이 폭발적으로 증가하고 있다는 것을 알고 있다.

외국인 관광객조차 성형과 미용을 목적으로 적지 않은 돈을 들여 한국을 찾을 정도로 한국의 성형시장은 급성장하고 있다. 그와 동시에 국내에서도 취업이나 미용 등의 목적으로 성형수술을 하는 사례가 늘고 있다. 로마시대를 살았던 유베날리시스가 말한, 건강한 신체에 건강한 정신이 깃든다는 명제가 21세기의 한국 사회에까지 그 위력을 발휘하고 있는 것이다.

직장인 10명 중 9명이 호감 가는 외모를 경쟁력으로 인식하고 있고, 용모를 가꾼다는 것은 그만큼 자기 관리에 철저한 것으로 간주된다고 말하는 인사담당자도 늘어서 외모를 관리해서 경쟁력을 키우려는 움직임은 이제 더 이상 특별한 것이 아니다. 나 또한 그런 추세에 힘입어 외모를 가꾸는 데 많은 노력을 했고 약간의 수술을 통해 지금의 모습이 되었다.

굳이 그런 부분까지 밝힐 필요가 있느냐고 반문하겠지만 나는 예쁜 외모를 갖기 위해 나에게 투자하고 노력했던 시간들이 의미 없었다고 생각하지는 않는다.

외모를 가꾸는 데도 성실함이 필요하다. 아름다운 외모를 갖춘 사람이 타인의 호의와 관심을 끄는 것은 전혀 이상한 일이 아니기 때문이다.

다만 나는 한 가지 조건이 더 선행되어야 진정한 미美로서 의미가 있다고 생각한다. 그것은 유베날리시스가 주창했던 신체적 아름다움과 정신적 아름다움의 조화이다. 정신의 안정과 평안을 도모하기 위해서는 물질이 가지는 영향력을 무시할 수 없다. 하지만 인간이 그 같은 물질의 가치에 함몰되지 않고 인간으로서의 존엄성을 누리며 살기 위해서는 경쟁력을 키우는 일 못지않게 정신, 즉 마음의 성찰을 중요시해야 한다.

특히 내가 속한 세대는 이전 세대의 수고와 노력으로 이루어낸 물질적 혜택을 누리며 성장한만큼 이제는 이전보다 더 정신의 문제에도 관심을 기울여야 한다. 우리는 후손들만큼은 배고프지 않고 사람답게 살 수 있는 세상을 만들자며 희생과 수고를 마다 하지 않았던 조부모·부모 세대의 마음을 이어받아 자식 세대에는 더 조화롭고 균형 잡힌 세상을 물려주어야 한다.

그런 의미에서 이제는 정신과 마음의 문제에 에너지를 쏟아 일견 상반되어 보이는 물질과 정신이라는 두 가치의 조화를 이루어나갈 책임이 우리 세대에 있다. 또한 이것이 내가 마음공부에 힘쓰는 결정적인 이유의 하나이다. 우리 모두 외적인 아름다움은 내적인 아름다움과 조화를 이룰 때 비로소 진정한 미로서의 가치를 가진다는 것을 잊지 않아야겠다.

런닝걸!
아현이의 드림 스토리

얼마 전, 강의 콘서트에서 나는 '꿈을 주차하지 마! 출발시켜!' 라는 제목으로 강연을 했다. 이 책에서처럼 나의 어두웠던 과거를 솔직하게 고백하는 것으로 말머리를 열었고 나를 응시하는 청중들의 눈빛을 보면서 이것이 바로 애타게 찾아온 내 자리라는 것을 다시 한 번 실감했다.

중환자실에서 며칠을 계시다가 기적처럼 살아나신 아빠 이야기를 하면서 그때 처음으로 아빠를 기쁘게 해드리고 싶다는 생각을 했고 공부를 다시 시작했다는 말을 털어놓았다.

"넌 안 돼."

"공부를 아무나 하냐."

"천성이 어디 가겠어?"

주변 사람들의 따가운 시선과 비난, 무시에 나는 말로 표현하기 힘들 정도로 상처를 입었고 이어진 친구의 배신, 왕따 등의 시련 때문에 모든 것을 포기하고 싶을 만큼 좌절했다.

하지만 그럴 때마다 아빠를 떠올리며 '죽을 힘을 다하면 안 될 게 어디 있어'라고 생각했고 결국 지금의 자리까지 올 수 있었다.

한 번만 더 쓰러지면 회복하기 어렵다는 의사 선생님의 말씀에 나 자신과 아빠를 위해서 정말 제대로 한번 잘 살아보자는 생각을 했다. 그리고 그것은 주차장에 세워져 있던 내 꿈을 끌어낼 수 있는 원동력이 되었다.

"아직도 꿈을 주차장에 세워놓고만 계신가요? 그렇다면 이제 차의 시동을 켜고 달리세요. 죽을 힘을 다해 봤더니 안 되는 게 없더라구요. 세상엔 불가능이란 없습니다. 한 손을 들어 주먹을 쥐어보세요. 그리고 따라해보세요. 나는 꿈을 주차하지 않는다. 꿈을 출발시켜라. 속도는 100 이상으로."

주변 사람들은 나를 볼 때마다 피곤하지도 않냐고 주말만이라도 쉬라는 말을 자주 한다. 하지만 나는 그럴 때마다 아빠에게 내 이름으로 된 책을 안겨 드리고 진짜 강사가 되어 첫 번째 청중으로 모실 때까지는 쉴 수 없다고 대답한다. 내가 쉴 때마다, 꿈을 이루는 순간은 그만큼 멀어지기 때문에 지금 나는 하루도 한가하게 시간을 보낼 수가 없다.

이런 나를 보고 성공에 대한 강박관념에 시달리는 게 아니냐고 하는 사람도 있다. 하지만 나는 지금 내가 하는 모든 일이 너무나 즐겁다. 왜냐하면 나한테 가장 좋은 것, 내가 살아가는 진짜 의미를 알게 해주는 것이 바로 내 일이기 때문이다.

"사람은 누구나 타고난 재능을 활용해 세상의 등불이 되는 사명을 가지고 있다는 말이 있지요. 그냥 태어나는 사람은 없다는 거예요. 자기한테 가장 좋은 것을 잘 찾아가는 사람들이 성공도 하고 인정도 받지요."

"제가 아마도 그것을 찾아가는 중이라서 이렇게 신이 나는 것 같아요. 내가 하기로 약속한 것이 있기 때문에 그냥 살아서는 안 된다는 말이 많이 와 닿네요."

여러 사람을 만나다 보면 때로 생각지도 못한 분야에 관심이 많은 사람을 만나는 경우가 있다. 이 세상에 태어난 사람이라면 누구나 자신의 영역에서 약속한 성취를 이룰 의무가 주어져 있다는 말을 들었을 때 나는 상처도 많고 힘든 일도 많았지만 앞으로는 세상의 빛이 되어 힘과 따뜻함을 전하는 사람이 되고 싶다고 생각했다.

구제할 길이 없는 탈선 학생이라는 편견 때문에 온갖 오해와 억측의 대상이 되어야 했던 지난날의 상처를 나는 기꺼이 멘토가 되어주시고 조력자가 되어주신 많은 분들의 도움으로 극복하고 있다. 그리고 나 역시 누군가에게 그런 역할을 해줄 수 있는 자질과 역량을 갖추기 위해 최선을 다하고 있다.

물론 나의 멘토이신 정진일 교수님의 말씀처럼 예전에도 그랬듯이 앞으로도 나에게 호의적이지 않은 사람을 만날 가능성은 얼마든지 있다. 내가 하는 일의 특성상 작은 실수라도 하게 되면 많은 사람들로부터 지탄과 비난을 받을 수 있다는 것도 잘 알고 있다. 그렇기 때문에 나는 진심을 담은 강연을 하기 위해 노력하고 있다. 강단에 설 때마다 내가 가장 간절히 바라는 것은 내 강연이 누군가의 삶에 조그마한 온기라도 줄 수 있는 것이다.

이 세상에는 사람의 마음을 움직이는 다양한 방법이 있고 나는 지금까지 내가 살아온 삶과 꿈에 대한 이야기로 사람들에게 희망과 용기, 영감을 주는 것에서 내가 세상에 태어난 이유와 삶의 보람을 찾고 있다.

하루하루 먹고사는 문제를 해결하는 것만으로도 벅차서 꿈이나 세상에 태어난 이유에 대해서 생각해볼 겨를이 없다는 분들께 돈과 물질에 대한 문제를 해결하고 더 높은 차원에서 자신의 삶을 바라볼 줄 아는 것이 자신의 삶에 주어진 미션이라고 말한다면 너무 뜬구름 잡는 말일까?

하지만 나는 살아가면서 어떤 문제와 직면하든 그것을 극복하기 위해 애쓰는 사람이라면 누구나 응원과 격려를 받을 자격이 있다고 생각한다. 또 지구에서 살 수 있는 단 한 번의 기회를 가진 사람이 자신이 태어난 이유를 생각해보는 것은 삶을 보다 풍요롭고 의미 있게 만드는 일이라고 확신한다.

그런 사색을 통해 나는 나를 이 세상에 있게 해준 아빠와 엄마의 사랑에 다시 한 번 감사할 수 있게 되었고, 그 힘으로 꿈을 이루기 위해 오늘도 달리고 있다. 부모님이 됐든 다른 누군가가 됐든 살아가는 이유가 되어 주고 꿈꿀 수 있는 원동력이 되어 주는 사람이 있다면 그 사람을 만날 수 있는 기회를 제공해준 삶에 감사하는 것이 어려운 일은 아니다. 그 고마운 삶에 보답하기 위해 여러분도 꿈을 향해 달려가시길. 꿈을 이루는 과정에서 시련과 고난을 극복하지 못할 사람은 없으며, 어찌할 수 없는 상황에서 좌절하고 눈물 흘려 본 사람이라면 그런 경험에 더욱 감사하는 마음과 용기를 잃지 마시길 바란다.

눈앞에 놓인 문제 때문에 위축되지 말고 무너지려는 자신을 추스르고 마음을 굳게 다잡을 때 현실이 바뀔 수 있다. 아무리 막막하고 돌파구가 없는 시대에 살고 있는 것 같아도 그런 상황을 극복할 수 있는 모든 해답은 결국 사람이 가지고 있다. 꿈과 희망이라는 말이 무색해져 버린 세상에 살고 있는 것처럼 보이지만 좌절과 고통 속에서 신음하기보다는 즐겁고 감사하는 마음으로 목표 달성을 위해 달려보자. 그러면 삶은 우리의 노력에 대해 반드시 큰 만족으로 보상해줄 것이다.

변화, 삶을 바꾸는 마법

사람들은 나이를 먹을수록 자신의 경험에 비추어 세상을 바라보고 그것이 전부라고 생각하기도 한다. 최근 한 지인이 어릴 때부터 고분고분하게 말 잘 듣고 공부 잘하는 아이가 칭찬받고 인정받는 이유는 사회가 그런 사람을 좋아하기 때문이라고 말했다. 하지만 나는 그렇지 않은 경우도 있다고 반박했다. 왜냐하면 나부터가 말썽꾸러기, 사고뭉치, 문제아라는 수식어를 단 채 학창시절을 보냈지만 지금은 강연을 통해 연일 많은 사람들로부터 힘이 되고 위로가 된다는 감사 인사를 받고 있기 때문이다.

"백 명의 사람들을 모아놓고 강연을 한다고 했을 때 그중 한 사람이라도 변화시킬 수만 있다면 그것으로 족합니다."

나는 처음 강연을 시작할 무렵에는 강의를 듣는 사람들 모두가 변하기를 원했다. 하지만 그것이 지나친 욕심이라는 것을 깨닫게 되었다. 그래서 지금은 사람의 마음을 움직이는 진정성 있는 강연을 하기 위해서는 겸손과 존중, 헌신의 자세부터 갖추어야 한다고 생각하게 되었다. 이런 생각을 하게 된 이유는 내가 하는 강연이 단 한 명에게라도 도움이 되길 바라기 때문이다.

중학교 3학년 시절, 유일하게 나를 믿어준 임만철 선생님 덕분에 나는 나를 믿어주는 단 한 분의 선생님이 아이에게 어떤 의미가 되는지 너무나도 잘 알게 되었다. 그렇기 때문에 학생들을 상대로 강연을 할 때는 무엇보다 내가 너를 믿는다는 마음을 전달하기 위해 더 노력한다.

예전과는 교육환경이 달라졌기 때문에 아이들을 가르치는 방법도 달라져야 한다고 주장하는 사람도 있을 것이다. 하지만 교육방법보다 더 중요한 것은 진심이다. 아이들을 귀하게 여기는 진심, 그것이 있을 때 아이들은 상상하지 못할 신뢰와 믿음을 보여준다.

모든 선생님이 그런 것은 아니겠지만 교사와 학생 간의 관계를 수직적인 상하관계로 인식하는 선생님들이 적지 않다. 물론 교사로서 인정받고 존중받아야 하는 부분은 분명히 있다. 하지만 학생들과의 관계에서 가장 중요한 것은 아이들을 사랑하는 진심 어린 마음이 우선이다.

비록 학교에서 공교육을 담당하고 있는 일선 교사는 아니지만 교육 사업을 하고 있는 사람으로서 나는 어떤 아이가 힘들어 하는 것을 보면 어떻게든 도와주고 싶은 마음이 솟구친다. 또 무엇이든 잘하는 우등생보다 어딘가 모나고 못하는 아이에게 더 관심이 가곤 한다.

청소년 시기에 선생님으로부터 들은 비하와 욕지거리들에 대한 분노 때문인지 나는 그런 폐해만큼은 아이들에게 대물림되지 않도록 하겠다는 비전이 있다. 내가 당했으니 똑같이 되갚아주는 것이 아니라 적어도 나만이라도 아름다운 역할을 해줘야겠다는 생각을 한 것이다. 공부 못해도 된다, 네가 정말 잘하는 것을 찾으면 된다고 말해주는 것도, 모든 아이들이 국영수를 다 잘할 수는 없는 것처럼 개개인의 재능과 특성, 자질을 고려한 교육이 제공되어야 한다고 생각하기 때문이다.

"네가 제일 잘하는 게 뭐야?"

"컴퓨터 게임이요."

"그럼 워드나 컴퓨터활용능력 쪽으로 공부할 생각은 없어?

"왜요?"

"너 컴퓨터 게임 좋아한다며, 프로그램 만드는 일하면 잘할 것 같아서."

"하고 싶어요, 꿈이에요. 그런 거 어디서 배워요?"

1990년대 후반에 태어난 세대들은 디지털 환경에서 성장했고 그러다 보니 기성세대보다 디지털 기기 사용에 익숙하다. 하지만 그것을 진로로 연결시켜 주는 것은 여전히 어른들의 몫이다.

내가 상담한 아이의 경우 컴퓨터 게임을 좋아하지만 그것을 진

로와 연계해 미래를 위한 비전을 갖게 해준 어른들은 없었다고 했
다. 그랬던 아이가 나와 상담한 후 컴퓨터 게임을 하는 것이 아니
라, 자격증 공부를 하고 나중에는 국제 자격증을 준비해서 컴퓨터
공학과를 가겠다고 한다.

일부에서는 요즘 아이들은 영악하기가 어른들보다 더 하다며 혀
를 차지만 나는 진심을 다하면 아이들은 자연스레 따라오게 마련
이라고 생각한다. 사랑받고 싶었지만 그러지 못했던 기억 때문인
지 나는 유난히 아이들에게 관심과 애정을 주게 되고 아이들은 거
기에 화답이라도 하듯 이런저런 근황들을 전해오기도 한다.

'선생님 덕분에 이번 시험에서 90점 넘었어요.'

'선생님 강연 듣고 제 꿈에 대해서 생각해보게 됐어요. 감사합니
다.'

'나중에 꼭 성공해서 찾아갈게요. 저 잊으시면 안 돼요.'

어디까지나 내 짐작이지만 아마 아이들의 담임선생님도 이런 문
자를 받는 경우는 쉽지 않을 것이다. 그저 예뻐해준 것밖에 없는데
놀랄 만큼 바뀌는 아이들을 보면서 나는 선생님들에게도 사랑이라
는 게 별 게 아니다, 잘한 거 구체적으로 칭찬해주고 자신감을 가
질 수 있도록 긍정적인 말 한마디만 해주면 된다고 말씀 드린다.

현실에 대한 불만과 치기 어린 반항으로 똘똘 뭉쳐 있던 내가 영
화 속의 한 장면처럼 시간을 건너 뛰어 지금의 나를 본다면 벌어진
입을 다물지 못할 정도로 많이 변했다.

산전수전을 넘어 공중전, 지하전까지 섭렵했는데 인생, 마음먹기에 따라 달라지더라는 말을 할 수 있는 것도 그만큼 내가 인생을 치열하게 살아왔기 때문이다. 내가 구구절절하게 어린 시절의 일들과 현재의 내 삶에 대해 이야기한 것도 나는 더 이상 어제의 내가 아니며, 지금의 내 모습은 순전히 내 의지대로 바꾸었음을 말하고 싶기 때문이다.

나와 오랫동안 친분을 유지해온 사람이 아닌 이상 어린 시절의 나를 본 사람들의 기억 속에는 답이 안 나오는 인생을 살고 있던 내가 여전히 살아 있을 것이다. 그 사람들의 기억을 바꿀 수는 없겠지만 그들에게도 나에게도 똑같은 시간이 주어졌었고 잠시 눈에서 멀어진 사이 내가 긍정적인 변화를 이루어냈다는 것만은 그들이 인정해주었으면 한다.

사실 내가 불우하고 막막했던 어린 시절에 대한 이야기를 적나라하게 공개하는 진짜 이유도 바로 그것 때문이다. 어떤 사람의 과거가 그 이후의 삶까지 규정할 수 없는 것처럼 나도 지금의 내가 되기 위해 적지 않은 수고를 해왔다.

'변화하지 않는다면, 현재 가지고 있는 것 외에 더 가질 수 있는 것은 없다'는 말이 있듯이 물질적인 것이든 정신적인 것이든 나에게도 매순간 원하는 것들이 있었다. 그리고 그것을 얻기 위해 버려야 할 것은 버리고 채워야 할 것은 채우면서 살았다.

그것은 곧 나란 사람의 변화로 나타났고 그 변화 덕분에 태어날 때부터 주어진 삶의 조건들을 바꿀 수 있었다. 그리고 그것은 누군가에겐 마치 마법과도 같은 변화로도 보일 것이다.

안타까운 일이지만 어떤 사람에게는 그동안 내가 기울인 노력이 아무런 의미가 없을지도 모른다. 한때는 미숙하기만 했던 어린 시절의 나를 기억하고 있는 사람들이 지금의 나를 비하하고 평가절하하는 것이 서럽고 속상했지만, 지금은 그것 또한 내가 뿌린 씨앗을 거두는 것이니 어쩔 수 없는 일이라고 생각한다. 대신 그 경험들을 거름 삼아 진흙탕 속에서도 정갈한 꽃을 피우는 연꽃처럼 보란듯이 긍정의 에너지를 전파하는 강사가 되겠다고 다시 한 번 마음 다진다.

마지막으로 과거의 내가 여러 사람들의 기억 속에 남아 있는 것처럼 현재의 나도 되도록 많은 사람들의 기억 속에 남아 있길 바란다. 그리고 아무리 대책 없는 삶을 살았더라도 사람은 변할 수 있으며 그 변화는 삶을 바꾸는 마법이라는 것을 꼭 기억해주었으면 좋겠다.

참만남의 시작
'아현' 세상의 빛을 보다

누구에게나 스승이 있고 나에게도 귀한 가르침을 주신 각별한 스승님들이 계시다. 그중 아주 특별한 의미가 있는 스승이 계신데 바로 사람을 만드는 마음의 스승, 대화스님이다. 돌이켜보면 나와 그분의 만남은 마치 영화처럼 스펙터클하게 시작되었다.

스님을 처음 만났던 그 시절, 내 마음속에는 스스로도 외면하고 있던 외로운 아이가 있었다. 잊고 싶어도 잊지 못하고 놓고 싶어도 놓지 못했던 어린 아이, 바로 6살 아현이었다. 세월이 흘러 나이를 먹었지만 내 마음속 가장 깊은 곳에는 여전히 어린 아현이가 외롭게 떨고 있었고 대화스님은 6살 아현이에게 처음 손을 내밀어주셨던 분이다.

우아하게 물 위에 떠 있지만 물속에서는 끊임없이 발장구를 치는 백조처럼, 나와 대화스님의 만남은 단조로우면서도 언제나 스펙터클했다. 스님이 나에게 한 발짝 다가오면 나는 두 발짝 물러서며 멀어졌다. 너무 소중한 스님이 나의 추악한 모습을 알아차릴까

무섭고 두려웠다.

　그런 내 모습을 이미 알고 계시기라도 하셨던 건지 스님은 언제나 맑고 따스한 눈빛으로 기다려주시고 기도해주셨다. 스님은 내가 혹독한 겨울을 지나는 동안 함께 있어 주셨고, 이내 봄이 찾아왔다. 스님의 배자 속에 얼굴을 파묻고 울어 버린 날, 나는 그 품이 얼마나 따습고 좋은지 알게 되었다. 그리고 위로받고 사랑받는 느낌에 내가 살아야 할 이유를 깨달았다.

　스님과의 만남은 내 의식을 칭칭 감싸고 있던 사슬을 하나씩 풀어나가는 과정이었다. 시간이 갈수록 점점 가벼워지는 게 느껴졌고 어느 때보다 자유로웠다. 그 느낌이 어찌나 황홀했던지 모든 속박과 구속에서 벗어나고 싶은 강렬한 충동을 느꼈고 조금 더 깊이 나를 만나고 싶어졌다. 조금 더 따뜻하게 나를 안아주고 싶었다.

　사방이 얼음으로 가득 찬 혹독한 겨울, 나는 차가움과 친구였고 외로움과 하나였으며, 고독이 일상이었다. 주변사람들은 나의 매서움에 다가올 생각조차 하지 않았고, 나는 그 자리를 더욱 더 한기로 채워갔다.

　그랬던 나에게 알 수 없는 기상이변이 생겼고, 생명이 싹트기 시작했다. 차가움, 외로움, 고독함, 매서움을 판단하지 않고, 평가하지 않으며, 진정한 나를 바라봐준 스님 덕분이었다. 그래서 스님은 나에게 봄이다. '나도 누군가에게 봄이 되어 주고 싶은 이유'를 갖게 해준 참 스승이시다.

마음속의 타임머신을 타고 눈을 감은 채 조용히 어린 시절로 되돌아가는 동안 많은 심상들이 하나의 파노라마처럼 머리 위에서 펼쳐졌다. 유아원 건물이 있던 마당 옆 조그마한 모래놀이터에 키 작고 못생긴 새까만 여자아이가 혼자서 흙을 파며 놀고 있었다. 그 모습을 보니 나도 모르게 울컥한 마음이 쏟아졌다.

멀찌감치 떨어진 곳에서 동그랗게 앉아 도란도란 소꿉놀이를 하고 있는 친구들을 흘끔흘끔 보고 있자니 괜스레 분한 마음이 동한다. 홀로 떨어져 있던 그 어린아이는 이내 일어나 짧은 다리로 모래를 훅훅 걷어차며 달려가 소꿉놀이 도구를 다 엎어 버린다. 그래도 친구들은 다가오지 않는다.

스님은 다시 한 번 그 아이를 만나라고 하셨다. 유아원 철창 대문을 사이에 두고 쪼그리고 앉아 있는 아이의 뒷모습이 보인다. 다가가기조차 두려워 멈칫 했지만 용기를 내어 아이에게 다가가서 손을 내밀었다. 아이가 고개를 들더니 나를 보고 방긋 웃었다. 그 웃음이 반가워 나도 쪼그리고 앉아 아이와 눈을 맞추며 포근하게 감싸주었다.

한 방울, 두 방울, 눈물이 가득 고인 눈에서 이내 눈물이 떨어졌다. 그 눈물이 마음의 상처에 떨어지자 마치 연고를 바른 것처럼 아무는 것이 느껴졌다. 쓰리고 아프기만 했던 상처 위에 따뜻한 기운이 번지며 분노가 씻겨 나가는 것 같았다. 그 따스함을 좀 더 느끼고 싶어 나는 어린 이현이를 꼬옥 안았다. 그러고는 이렇게 말했다.

"아현아, 너는 참 사랑스럽구나."

내친 김에 엄지손가락을 치켜세웠다. 그렇게 나는 6살의 아현이에게 용서를 구했고 그 아이를 아낌없이 격려해주었다.

대화스님과의 참만남은 나에게 스스로를 믿고 주변 사람들을 믿고, 세상을 믿어도 된다는 안도감을 주었다. 스님과 함께 있는 공간은 처음으로 내가 편히 쉴 수 있는 공간이었다. 그리고 처음으로 '착한 아현이'를 만날 수 있는 공간이었다.

언제나 가짜 마음을 앞세워 달아나려고만 했던 내 모습들, '거짓 아현'이가 설 수 있는 자리는 없었다. 나를 돋보이게 하고 당당하고 싶어서 필요했던 거짓말도 그곳에선 아무 소용이 없었다.

그때의 나는 하고 싶은 일이 있거나 얻고 싶은 것이 있을 때는 거짓말과 처세술로 사람들을 이용했고 심지어 소중한 가족이나 사랑하는 연인, 친구들도 예외는 아니었다. 양심의 가책도 느끼지 않고 아무렇지 않게 가짜 삶을 살았던 것이다.

스님을 만나기 전, 나는 스스로를 감싸고 있는 화려한 포장지가 좋았고 살기 위해서, 행복하기 위해서 그것이 꼭 필요하다고 생각했다. 그런데 만남이 거듭될수록 나를 바라보는 것이 혼란스러웠다. 화려하게 포장되어 있는 나, 그 안에 웅크리고 있는 보잘것없는 작고 깡마른 체구의 나. 이 두 모습 사이에서 방황하는 동안 나는 진짜 나를 찾고 싶다고 생각했다. 그리고 한 번도 생각해본 적이 없는 진짜 삶을 꿈꾸게 됐다.

스님과의 다섯 번째 만남 이후, 마치 기적처럼 '나'라는 존재가 너무 귀하고 소중하게 여겨지기 시작했다. '나'라는 사람이 세상에서 가치 있게 쓰일 인물로 여겨지기 시작했고, '나'라는 사람이 이 세상의 온갖 더러운 것들을 맑게 정화시킬 수 있는 소독사로 여겨지기 시작했다. 나 또한 충분히 사랑받고 존경받는 존재가 될 수 있다는 것을 그 전에는 왜 몰랐을까 싶었다. 행복하기 위해, 아니 행복해지고 싶어서 포장했지만 그것은 내 몫이 아니었다. 엄마 옷, 언니 옷, 다른 사람의 옷을 입으려고만 했기 때문에 행복하지 않았던 것이다. 그런 상황에서는 행복하고 싶어도 행복해질 수 없었다. 그곳에는 '내'가 없었기 때문이다.

스님과의 참만남을 통해 나는 소중한 사람들과 행복한 만남을 하게 되었고 순수하고 맑고 아름다운 내 영혼을 만날 수 있었고, 추악하고 못되고 부끄러운 모습들도 따뜻하게 감싸 안으며 사랑할 수 있게 되었다.

눈이 예뻐지니 세상이 아름다워 보였고 손이 고와지니 선행도 할 수 있게 되었다. 또한 입이 깨끗해지니 사람들에게 행복과 기쁨의 말을 전할 수 있게 되었다. 이렇게 변화하는 나를 가만히 바라보면서 나 스스로 너무도 편하고 사랑스러운 나를 느낄 수 있게 되었다.

참만남이 나에게 준 가장 큰 깨달음은 이 세상에서 가장 아름답고 고귀하며 소중한 존재가 다름 아닌 '나'라는 것을 알게 되었다는 것이다. 그리고 모든 사람들에게, 심지어 미물들에게도 고귀한 존재감이 있다는 것을 거듭 깨닫게 되었다. 그리고 내가 이처럼 소중하기에 이 세상 모든 것들이 다 귀하다는 사실도 알게 되었다.

그리고 그것을 깨달았을 때 느꼈던 행복감은 이루 말로 표현할 수 없을 정도로 신비롭고 경이로웠다. 그래서 나는 스님과의 거룩한 만남이 헛되지 않도록 오늘도 산뜻하게 웃어 본다. 거울을 보며 나에게 미소를 짓고 거울 속의 아현이가 나를 보며 미소 짓는 것을 흐뭇하게 바라본다. 그리고 나는 나의 놀랄 만한 변화가 그 미소에서 시작되었음을 깨닫는다. 그러다 보면 가슴속에 감사함이 차곡차곡 더해지면서 그 마음이 날이 갈수록 더욱 커져간다.

욕심보자기를 비우니 더할 나위 없이 평화로워지는 것을 느꼈다. 그리고 이 모든 것은 대화스님을 통해 참만남을 경험했기 때문이다. 그 안에서 진짜 나와 만났기에 '아현'이는 세상의 빛을 볼 수 있었던 것이다.

To. 스님

스님 덕분에 저는 깨어 있다는 걸 느꼈습니다.

깨어 있음에 언제나 감사하고 있습니다.

저 자신과의 만남이 어느 때보다도 큰 기쁨으로 돌아온 날입니다.

나의 느낌과 정서를 생생하게 만나다 보니 '내 자신을 소중하게 생각하지 않았구나' 하는 큰 깨달음이 있었습니다.

다른 사람보다 가난하고 더 가지지도 누리지 못하는 제가 항상 원망스럽고 미웠습니다. 제 탓도 했지만 부모님 탓도 했었습니다.

다른 사람보다 더 예뻐지고 싶고, 더 많이 가지고 싶고, 더 행복해지고 싶은 마음에 타인과 깊은 관계를 맺는 것을 소홀히 했고 저의 독단적이고 독선적인 행동들이 제 마음을 온통 오물 덩어리로 만들었습니다. 그 모습이 너무나 흉측해 보이고 수치스럽고 창피했습니다.

아름다운 삶을 포기한 채, 응어리진 가슴은 복수심으로 꾹꾹 채웠고 상처에 파스를 발라놓은 듯 화끈거림이 계속되는 날들을 보냈습니다. 하지만 이제는 제 마음 안에서 어떤 소동이 일어났는지 몰라도 좋을 것 같습니다.

'착한 아현이'를 연신 불러주시는 스님 목소리가 아직도 생생합니다.

그 목소리의 온기가 너무나도 깊고 따스해서 잊을 수가 없습니다. 언제나 누군가에게 불리고 싶었지만, 그리 불러주는 이 하나가 없어 세상을 원망하고, 세상에 분노했습니다.

그러나 이제는 압니다.

이 모든 것이 나로부터 비롯되었음을……

스님과의 만남 모두가 참으로 경이로운 나와의 만남이었음을 잊지 않겠습니다.

2013년 1월 20일

아현 올림

스님, 그리고 참만남 심화가족 여러 선생님들

많이 부족한 저를 항상 응원해주고 지지해주고, 기도해주셔서 너무 감사드립니다.

궁금해하고 관심 가져주셔서 너무 기뻤습니다.

사람들과의 관계가 이렇게 재미지고 맛있고 향기로울 수 있다는 것을 깨달았고, 지금도 알아가고 있습니다.

물을 보면 물이 되고, 꽃을 보면 꽃과 하나가 되듯 마음의 문을 활짝 열어 여러 사람들과 모든 것들을 함께 나누고 온전히 함께 소통하는 사람이 되겠습니다.

다른 사람과 제가 함께 행복해질 수 있는 마음을 가지겠습니다.

'변화하지 않는다면, 현재 가지고 있는 것 외에 더 가질 수 있는 것은 없다'는 말이 있듯이 물질적인 것이든 정신적인 것이든 나에게도 매순간 원하는 것들이 있었다. 그리고 그것을 얻기 위해 버려야 할 것은 버리고 채워야 할 것은 채우면서 살았다.

그것은 곧 나란 사람의 변화로 나타났고 그 변화 덕분에 태어날 때부터 주어진 삶의 조건들을 바꿀 수 있었다. 그리고 그것은 누군가에겐 마치 마법과도 같은 변화로도 보일 것이다.

제 6장

심리학으로 보는
마인드 뷰티 컨설팅

나를 알아야 할 수 있는
마인드 뷰티 컨설팅

내가 어떤 사람인지를 알기 위해서는 먼저 나의 내면을 들여다보는 과정이 필요하다. 가만히 눈을 감고 생각의 흐름을 따라가다 보면 자신의 내면과 만나게 되는데 이때 보이지 않았던 것이 보이기 시작한다.

몰랐던 것들, 관심 없었던 것들, 인정하지 못하고 오해했던 것들을 인정하고 받아들이면 마음의 키는 한 뼘 더 자란다. 그런 뒤에는 나와 타인과 세상을 좀 더 넓게 바라볼 수 있게 된다. 그래서 마인드 뷰티 컨설팅은 나를 알아야 할 수 있는 것이다.

마인드 뷰티의 궁극적인 목적은 사랑과 행복에 있다. 나의 멘토이신 대화 스님은 사람이 노력하면서 사는 이유를 보다 나은 행복을 위해서라고 하셨다. 세상에는 사람의 마음을 움직이고 행복하게 만들어 주는 것들이 많이 있고, 우리는 저마다 바라는 것을 얻기 위해 수고하고 노력하며 살아간다.

그런데 사람이 행복을 느끼는 조건은 저마다 조금씩 다르다. 누군가는 좋은 직업과 명예를 얻었을 때 행복감을 느끼고 누군가는 건강과 사랑을 얻을 때 행복해한다. 물론 돈과 직업, 건강과 사랑은 사람이 행복하게 살아가는 데 골고루 필요한 것이고 어느 것 하나 없어도 그만인 것은 없다.

다만 그 경중은 사람마다 다르게 느끼게 마련이다. 많은 돈을 벌기보다는 가족의 건강과 화목을 더 중요하게 여기고, 세상이 인정하는 직업보다 내가 좋아하는 일을 하는 것에 더 가치를 두는 사람들이 있는 것처럼 사람마다 가치관이 다르고 신념이 다르기 때문에 행복을 느끼는 조건 또한 다를 수밖에 없다.

따라서 타인의 관점이 아닌 자신의 관점에서 행복을 느끼는 사람은 스스로가 무엇을 원하는지, 무엇을 했을 때 가장 행복한지를 잘 알고 있는 것이다. 부모의 기대나 주위의 시선에 부담과 압박을 느끼는 사람들이 좀처럼 만족하지 못하고 마음의 여유가 없는 것도 이 때문이다.

자기 자신이 주체가 되지 못하고 다른 사람의 기대와 판단, 선택에 따라 움직이고 행동하는 사람은 스스로를 소중하게 여길 줄도 모르고 자신을 사랑하는 방법도 알지 못한다. 오직 눈앞의 안정, 평화를 위해 살아갈 뿐이고 그런 안정이 모래 위에 세운 누각처럼 아슬아슬한 것이라는 진실도 인식하지 못한다.

그런데 그보다 더 큰 문제는 그런 환경에 오래 머물다 보면 심신이 황폐해지고 감성이 메말라가며 종국에는 영혼까지 피폐해질 수 있다는 것이다. 한 생명이 다른 생명을 대신할 수 없듯이 사람은 다른 누군가가 대체할 수 없는 고정불변의 가치를 가진 존재이고, 그 존재가 자기 자신이 되지 못하고 다른 영혼의 꼭두각시가 될 때 사랑, 행복, 안정, 여유 등 삶을 풍요롭게 하는 가치는 멀어질 수밖에 없다. 또한 이런 사람이 내면의 품격과 아름다움을 지닐 수 없는 것은 너무도 당연하다.

마인드 뷰티는 자신의 내면을 바라보고 진정으로 원하는 것을 분별하며 그것을 얻기 위해 갖춰야 할 자질과 역량을 키우기 위한 과정이다. 그런데 자기 자신을 알지 못하면서도 찾으려는 시도조차 하지 않는다면 내적인 아름다움을 가꾸는 일도, 나아가 사랑과 행복을 얻는 것도 요원해질 수밖에 없다.

사막처럼 척박한 환경에서는 생명이 번성할 수 없다. 그것은 사람의 마음도 마찬가지다. 자신의 마음에 나무 한 그루를 심어놓고 그것을 키우고 가꾸는 상상을 해보자. 나무가 잘 자라기 위해서는 적절한 수분과 햇빛, 좋은 토양, 그리고 가꾸는 사람의 관심과 애정이 필요하다.

그 나무가 당신이 진정으로 원하는 것이라면 나무를 자라게 하기 위해 당신이 갖춰야 할 것은 지식과 지혜, 자질과 품성이다. 또한 그것은 거저 얻어지는 것이 아니라 때로는 냉철하게 부딪혀서 행동하고, 때로는 바라보고 주장할 줄 알아야 비로소 거머쥘 수 있는 선물이다.

　마인드 뷰티의 가장 중요한 조건은 자기 자신을 정확하게 파악하는 것이다. 내면의 소리를 경청하는 사람만이 그것을 분별할 수 있고, 그 소리를 들을 줄 모른다면 마음속의 혼란이나 갈등의 매듭을 풀 방법은 없다.

　내면의 아름다움을 가꾸는 일은 자신을 희생하는 것이 아니라 스스로를 사랑하고 타인과 조화를 이루는 방법을 배우는 것이다. 그리고 궁극적으로는 너와 내가 하나의 끈으로 이어져 있다는 것을 깨닫고 그것을 의식적으로 인식하고 살아가는 것이 최종 목표이다.

　내가 없다면 세상도 의미가 없는 것이고 반대로 오로지 나만 있다면 그 또한 불행의 늪에 빠진 것이다. 자기 자신이 주체가 되고 타인과 조화로운 관계를 유지하는 것, 이것이 마인드 뷰티가 우리에게 줄 수 있는 큰 선물이며 그것을 받으려면 내가 나를 알아야 한다는 것을 꼭 기억하자. 마음속 깊숙이 숨어 있는 진정한 나를 발견하고 내면의 소리를 들을 수 있을 때, 당신은 극락에 온 것 같은 행복을 느낄 수 있을 것이다.

심리학도 김아현의 발견!
마음에도 레벨이 있다

 "나의 삶은 불행하다. 고로 나는 분노한다."

최근 대한민국에는 다른 때보다 분노가 팽배해져 있다. 한국 사회 전체가 마치 심지가 거의 타 들어간 다이너마이트처럼 아슬아슬하다. '부천 11세 소녀 학대 사건'을 기점으로 '초등학생 아들 시신 훼손 사건', '여중생 딸 시신 방치 사건', '친모 폭행 딸 시신 암매장 사건'까지 인간이 어디까지 악해질 수 있는지 그 끝을 보여주는 사건들이 연이어 터지면서 우리 사회는 혼란과 분노, 절망의 도가니에 빠져들고 있다.

지금의 한국 사회는 분노에 휩싸여 있다. 하지만 그 분노의 에너지를 의식하지 못한 채 벌어지는 엽기적인 사건들 때문에 매일 충격과 혼란을 더하고 있다.

일련의 사건들을 통해서도 알 수 있듯이 분노는 폭발적이고 위험한 감정이다. 게다가 극단적으로 흐를 경우 온전한 정신으로는 상상도 할 수 없는 극악한 범죄를 저지르게 된다. 특별히 '아동학대 사건'을 예로 든 이유는 무조건적으로 보호받아야 할 어린이들이 그것도 최후의 보루가 되어야 하는 가정에서 자기 부모들에게 끔찍한 학대를 당하고 있고, 심지어 생명마저 빼앗겼기 때문이다.

무고한 아이들이 그렇게 처참하게 희생된 가장 큰 원인은 바로 부모들이 품고 있던 '분노'였다. 어린 시절 자신도 부모에게 학대당하며 자랐다는 그들의 변명이 면죄부가 될 수는 없다. 하지만 적어도 분노의 대물림, 분노의 확산이 어떤 결과를 초래하는지를 가장 적나라하게 보여주는 예로서는 활용가치가 있다.

그런데 이 사건에는 또 다른 분노가 존재한다. 바로 가해자들을 바라보는 대중들의 분노이다. 이들 사건을 다루는 기사마다 네티즌들의 분노 가득한 개탄이 쏟아지고 현장검증이 진행되는 범죄현장에서는 가해자들에게 비난을 퍼붓는 대중들의 육성이 그대로 방송을 타고 공개된다.

가해자들이 가슴에 품었던 분노가 무고한 피해자들을 희생시켰다면 가해자들을 향한 대중의 분노는 억압과 학대로 신음하는 아이들을 해방시키는 시발점이 될 수도 있다. 다시 말해 분노는 파괴를 부를 수도 있고 건설적으로 활용될 수도 있다는 말이다.

이것을 심리학적으로 해석하면 마음에도 레벨이 있다는 것이다. 분노라는 감정 자체는 동일하나 에너지 스펙트럼에 따라 전혀 다른 양상으로 발현되는 것이다. 이 원리를 내 인생에 대입해보고

무의식적 마음				의식적 마음
자동적 마음	두려움 죄의식	분노	자발성 책임감	온전함 명료함

나 또한 마음의 레벨이 어디에 있느냐에 따라 삶의 질과 품격이 갈린다는 것을 알 수 있었다.

나의 인생 전체를 놓고 봤을 때는 내가 사람 심리와 관련된 학문을 공부한 지 얼마 되지 않았다. 이것은 다시 말해 나의 내면과 이야기하기 시작한 기간이 그리 길지 않다는 것이다. 하지만 가장 중요한 것은 시간이 아니라 내면 심리를 꿰뚫어 보는 통찰력이다. 나는 사람의 내면이 의식하지 못하는 어떤 시스템에 의해 자동화되어 있다는 사실을 처음 알았을 때 꽤나 충격을 받았다. 그리고 그동안 내 감정과 사고를 스스로 조절하고 통제한다고 생각했던 것이 나의 첫 번째 착각이었음을 그 뒤로 깨달았다.

그 뒤로 나는 마음의 레벨에 대해서 고민하고 탐구하기 시작했다. 우리의 현재는 수많은 과거의 흔적이고 그 흔적들이 모여 삶을 이룬다. 모든 접촉은 흔적을 남기게 마련이므로 현재의 나를 보면 과거의 접촉을 통해 어떤 영향을 받았는지를 알 수 있다.

마음의 레벨은 이러한 흔적을 덧나게 할 수도, 온전히 낫게 할 수도 있다. 가슴에 가만히 손을 얹고 내면을 들여다보자. 자신의 생각과 마음이 무의식적으로 스스로를 다치게 하고 있지는 않은 가? 나의 과거를 한참 들여다보니, 내 안에 있는 분노가 보였다. 나는 어린 시절의 대부분을 분노하며 보냈다. 그 시절의 분노는 나를 존재하게 한 원동력이었고 그 분노 밑에는 두려움과 죄의식이 있었다. 부모님께 죄스러운 마음 그리고 그것을 들키지 않으려고 단단히 감추었던 두려움……. 그 죄의식과 두려움이 쌓이면서 나는 자동적으로 탈선의 길로 빠져들었고, 그것은 내가 존재조차도 감지할 수 없었던 내 마음의 기제들이 모여서 나타난 결과였다.

이렇게 스스로의 모습을 들여다볼 수 있게 되면서 나는 한동안 분노에 등을 돌리고 무시하고 멀리하려고 갖은 노력을 다했다. 그런데 그것이 바로 나의 두 번째 착각이었다. 분노의 에너지는 내가 상상했던 것보다 대단했다. 그것을 인위적으로 억제하고 무시하면 그 부작용이 생길 수밖에 없다. 내가 정말로 해야 했던 일은 분노의 에너지를 건강하게 분리하여 활용하는 것이었다. 하지만 나는 그 중요성을 무시했다.

그런데 분노의 에너지를 분리하는 방법이 의외로 간단했다. 분노가 쌓이면서 꼬이고 비뚤어진 마음을 의식적으로 바라보는 것이 전부였다. 분노의 에너지를 곱게 다림질하여 나를 성장시키고, 있는 그대로의 모습으로 꾸밈없이 바라볼 수 있도록 건설적인 방향을 선택하면 되는 것이었다.

그래서 용기를 내어 그동안 받아온 무시와 학대를 되돌아보았다. 위축되고, 수치스러운 시간이었다. 수십 번씩 얼굴이 붉으락 푸르락했고 마음은 한없이 꼬여만 갔다. 그 마음을 다시 펴가며 고행을 했고 그런 시간이 한동안 계속되었다. 끝나지 않을 것 같았던 그런 시간들이 지나자 그 안에서 소중한 초석을 발견할 수 있었다. 바로 사람을 좋아하는 김아현, 소중하고 소중한 나의 진짜 모습이었다. 아주 작았지만 무한한 성장이 기대되는 다부진 아이였던 것이다. 그리고 나의 인생은 그때부터 다시 시작되었다.

만약 내가 분노의 에너지를 건강하게 잘 분리해서 적절히 활용할 줄 몰랐다면 나는 한없이 꼬인 마음을 가지고 살게 되었을 것이고 지금의 나는 존재하지 않았을 것이다. 분노든 다른 감정이든 그것이 건설적으로 활용되기 위해서는 그 감정을 다루는 사람의 인성 즉, 마음의 레벨이 어떠한지가 매우 중요하게 작용한다. 따라서 하위 레벨의 부정적인 마인드가 아닌 상위 레벨에 있는 긍정적인 마인드를 갖는 것이 얼마나 중요한지 깨달아야 한다.

따라서 지금과 다른 삶을 살고 싶다면 마음의 레벨을 의식해야 한다. 그리고 오래도록 잠들어 있던 진짜 나의 모습이 드러나도록 내면의 자동차에 시동을 걸어야 한다. 이것이 가능해졌을 때, 우리는 비로소 어디로든 갈 수 있을 것이다.

마인드 뷰티의 놀라운 변화

내가 변한 것처럼 사람은 누구나 변할 수 있다. 온갖 탈선이란 탈선은 다 저지르며 아무 생각 없이 살던 때도 있었지만 나는 다시 새롭게 시작했고 그것에 필요한 것은 단 하나, 내 의지였다. 그런데 요즘은 이 '의지'를 갖기가 좀처럼 쉽지 않다고 한다.

아무리 희망을 가지고 도전하고 노력하면 행복한 삶을 살 수 있다고 입 아프게 말해도 돌아오는 대답은 대부분 비슷하다. 연애, 결혼, 출산을 포기했다는 3포 세대에 이어 인간관계, 내 집 마련까지 포기한 5포 세대, 그리고 취업과 희망까지 포기했다는 7포 세대라는 신종 용어까지 등장하는 마당에 서민이 무엇을 할 수 있겠냐는 말이다.

그런데 나는 그렇게 생각해서는 아무것도 할 수 있는 게 없다는 것을 경험으로 터득했다. 나 또한 암울하기 그지없는 현실에 힘들어하던 시기가 있었고 그것을 극복하기 위해 치열하게 고민하고 끈기 있게 도전한 후에야 거대하게 느껴졌던 현실의 벽을 넘을 수 있었다.

앞서 고백했듯이 나는 청소년이 할 수 있는 탈선은 거의 섭렵(?) 하다시피 한 전형적인 문제학생이었다. 그런 데는 넉넉하지 못한 가정환경도 어느 정도 작용했다. 갖고 싶은 것도 많고 하고 싶은 일도 많았지만 세상은 나에게 그런 여유를 주지 않았고, 나는 그것 이 내게 주어진 현실이라는 것을 실감해야 했다.

아빠가 뇌경색으로 쓰러지신 후, 집에 보탬이 되지는 못할망정 최소한 짐은 되지 말자는 생각을 했던 것은 지금 생각해봐도 정말 기특한 일이었다. 아빠의 건강이 악화된 데는 내 책임도 있었기 때 문에 이제라도 다르게 사는 모습을 보여줘야 한다고 생각했었다. 이후 나는 돈을 벌기 위해 닥치는 대로 일했다. PC방, 수영장 등을 돌며 아르바이트를 했고 거리로 나가 찹쌀떡을 판 적도 있었다.

그런데 일을 하다 보니 체력적·감정적 에너지 소모에 비해 대 가가 너무 적다는 생각이 들었다. 그런 생각이 들 때면 88만 원 세 대의 비애가 이런 건가 싶어서 눈물을 흘리기도 했다.

특별한 경험이나 스펙은 없었지만 할 수 있는 아르바이트를 하 면서 내가 느낀 것은, 최소한 지금보다 더 나은 대우를 받는 일을 하려면 공부를 해야 한다는 것이었다. 그리고 그 생각은 지역방송 국 리포터로 일하면서 더욱 굳어졌다.

편입 시험에 합격한 후 영문학과에 진학해 학교를 다니는 동안에도 당연히 돈이 필요했고, 나는 과외를 뛰면서 학비와 생활비를 벌기 위해 고군분투했다. 당시 엄마, 아빠에게 손 벌릴 상황이 아니었기 때문에 교통비라도 아끼겠다고 먼 길을 걸어 다니면서 수업을 받기도 했다. 하지만 아무리 해도 턱없이 부족한 재정 탓에 결국 카드빚을 지고 대출까지 받아야 했다.

빚이 빚을 불렀고, 아무리 노력해도 가진 사람들과는 출발선부터 다르다는 것을 나는 그때 뼈져리게 느꼈다. 무언가 다른 해결책을 생각해야 했지만 당시 내 몸과 마음은 춥고 배고프다며 아우성을 치고 있었다. 공부를 하면 삶이 달라질 거라고 생각했지만 어떻게 된 일인지 날이 갈수록 쪼들리기만 했다.

어렵고 어려웠던 그 시기에 나는 하마터면 깊은 슬럼프에 빠져 주저앉아 버릴 수도 있었다. 하지만 각종 미디어를 통해 쏟아져 나오는 청년 빈곤에 대한 기사들을 보면서 나는 적어도 이것이 나의 문제만은 아니라는 것을 깨달았다. 좀더 깊이 있게 들여다보면 내가 겪었던 문제는 우리 사회가 안고 있는 구조적인 한계와 모순점에서 비롯된 것이었다.

그래서 나는 이 문제를 해결하기 위해서는 먼저, 개인과 사회를 별개의 개체로 보는 것이 아니라 서로 유기적으로 얽혀 있는 밀접한 관계라고 보는 시각이 필요하다고 생각했다.

즉, 우리가 겪고 있는 문제는 당연히 개인의 탓으로만 돌릴 수 있는 것이 아니며 그렇다고 전적으로 사회구조 탓으로 보는 것도 문제 해결에 도움이 되지 않는다고 판단했다. 왜냐하면 사회는 수많은 개인이 모여 형성되는 것이어서 개개인이 아닌 다수의 필요와 의지가 합해지면 어떤 문제든 해결 방법을 찾을 수 있을 거라고 생각했기 때문이다.

좀 더 거시적인 관점에서 보면 인류 역사 자체가 무력감과 우울증에 빠진 절대 다수의 대중이 이를 극복하면서 발전했다고 봐도 무리가 없다. 역사는 과거와 현재의 대화라는 말이 있듯이 역사적 사실에서 작금의 문제를 해결할 열쇠를 발견할 수 있지 않을까 하는 생각을 한 것도 이 때문이다.

지금도 그렇지만 이전 시대 사람들의 삶도 고단하기는 마찬가지였다. 나는 특히 18세기 말, 대혁명이 일어나기 직전의 프랑스 사회에 대해 관심이 많다. 우리나라 역사도 아니고 동양권도 아닌 서구권 나라의 역사지만 프랑스 대혁명은 인류의 의식을 깨우고 진보시키는 데 지대한 영향을 미쳤다. 우리가 현재 당연하게 받아들이고 누리는 자유 민주주의 또한 대혁명에서 비롯되었다고 해도 과언이 아니라고 생각한다.

18세기 말, 혼돈의 시기를 살았던 세대보다 우리는 분명 더 많은 혜택과 권리를 누리면서 살고 있다. 하지만 사회구조의 모순과 불합리는 그때나 지금이나 여전히 존재하고 있고, 가진 자의 기득권을 보호하기 위한 제도나 관행들도 봉건사회처럼 노골적이지 않다 뿐이지 암묵적으로 용인되고 있다. 그런데 나는 이 부분에서 꽤 흥미로운 가설 하나를 떠올렸다. 그 시기 등장하기 시작한 계몽주의자들의 활동이 바탕이 되어 프랑스 대혁명이 시작되었듯이 지금의 이 부조화도 대중의 지성과 이성의 각성을 통해 해결될 수 있을 거라는 가설이었다. 그리고 이것을 시험해보기 위해서는 꾸준한 자기계발 즉, 실력을 키우는 일이 기본 중의 기본이 되어야 한다고 생각했다.

쉬운 일은 아니지만 시련이 닥쳤을 때 그것을 극복하기 위해서는 무력감이나 우울증에 빠지는 것은 절대 금물이다. 그리고 그 시련이 나에게 무엇을 요구하는지를 읽을 줄 아는 것이 너무나 중요하다. 그 신호에 우리가 원하는 것을 얻기 위해 갖춰야 할 자질이 숨겨져 있기 때문이다.

먼저 나는 인터넷 중독에 빠진 청소년들의 문제가 심각한 수준이라는 사실을 알고 그것이 왜 나쁘고 해서는 안되는지를 아이들에게 이해시키고 설득하는 데 필요한 전문지식을 습득했다. 그 외에도 자살예방, 성폭력 예방, 학교폭력 예방 등 현실도피 심리가 야기하는 갖가지 폐해를 치유하는 데 필요한 자격을 취득했고 그러는 동안 나는 지난날 내가 절감해야 했던 현실의 벽이 어느새 사라졌다는 것을 깨달았다.

수많은 강연과 상담 제의가 쏟아졌고 내 책을 기다리는 예비 독자들이 줄을 이었다. 더욱이 내가 준 도움보다 훨씬 더 큰 관심과 사랑도 받았다. 세상을 탓하지 않고 내가 할 수 있는 일을 찾아 최선을 다한 결과였다.

지금까지 지켜본 바에 따르면 지혜롭고 현명한 사람은 남의 탓, 사회 탓을 하지 않는다. 자신이 마음먹은 대로 세상을 보고 판단하면 결국 자기가 한 생각 그대로 돌아온다는 것을 알기 때문이다. 이것은 인간이 만든 법, 제도, 사회 시스템을 넘어서는 진리이며 법칙이라고 말하는 사람들도 있다. 이번 생은 망했다며 자조 섞인 절망을 표출하는 사람들도 있지만, 이 세상에는 다른 어떤 것보다 자신의 의지를 우위에 두는 사람들도 존재한다.

나도 한때 많이 배우지 못하고 가지지 못한 삶이 겪는 애환과 서러움을 겪어 보았다. 하지만 다른 누구의 도움도 없이 나를 둘러싼 환경을 바꿨고 그것은 문제의 본질을 정확하게 파악하고자 하는 의지와 생각의 전환이 바탕이 되었기에 가능했다. 그리고 그것은 다름 아닌 '마인드 뷰티'를 통과하기 위해 밟아야 하는 과정이었다.

그래서 나는 마인드 뷰티를 한마디로 표현하면 '사람에게 지식을 갖게 하고 그 지식을 활용할 수 있는 지혜를 깨우쳐 주며 한 사람의 성인으로서 경쟁력을 갖게 하는 마법'이라고 정의한다. 지식과 지혜, 경쟁력까지 갖춘 사람의 삶은 변할 수밖에 없다. 나는 이것을 마인드 뷰티를 통해 얻었고 이 책을 읽는 독자들 또한 나와 같을 것이라고 확신한다.

쉽게 따라할 수 있는 마인드 뷰티

'뷰티'라고 하면 미용을 떠올리는 사람이 대부분이다. 물론 뷰티라는 단어 자체가 아름다움, 미美를 의미하므로 미용 또한 뷰티에 속하는 개념이다. 아름다운 외모를 갖기 위한 인간의 노력은 끊임없이 이어져 왔고 현대에는 외모도 경쟁력으로 받아들여지는만큼 '뷰티'에 대한 사람들의 관심과 호응은 생존 전략이라고 봐도 무리가 없을 정도다.

외모를 가꾸는 일이 경쟁력을 높이는 수단으로 자연스럽게 받아들여지는 이유는 면접에서 조금이라도 더 호감 가는 인상을 주는 것이 취업에 유리하다는 인식이 강해졌기 때문이다. 그런데 기업의 인사 담당자의 말을 자세히 들어보면 외모 자체보다 인상을 더 많이 본다는 것을 알 수 있다. 인상은 어떤 대상을 볼 때 마음속에 일어나는 느낌, 즉 그 사람이 가진 고유의 기운을 가리킨다. 그리고 그 기운은 외모를 통해서만 드러나는 것이 아니다. 사람이 인형이 아닌 이상 각자 얼굴에서 풍기는 자기만의 분위기가 있고 그것은 그 사람이 가지고 있는 생각, 가치관, 신념 등의 영향을 받는다.

물론 가치관이니 신념이니 하는 말이 뜬구름 잡는 이야기로 들리는 독자들도 있을 것이다. 하지만 이전 세대만 해도 '외모를 가꾸는 일'이 사회활동의 중요 변수가 아니었듯이 앞으로의 사회 · 경제 시스템도 우리가 쉽게 예상할 수 있는 범위를 벗어난 다른 무언가가 중요하게 작용할 수도 있을 것이다. 그런 흐름에 비추어보면 미래사회에는 외적인 아름다움 외에 내적인 아름다움도 중시되는 흐름이 등장할 것이라고 본다.

취업을 예로 들었지만 마인드 뷰티는 취업이나 사회적 성공만을 위한 개념은 아니다. 이것은 그보다 포괄적이고 광범위한 개념이다. 경제활동이 현대인들의 삶에 중요한 부분을 차지하는 것은 분명한 사실이지만 인간의 삶의 목적이 '일'에만 있는 것은 아닌 것처럼 마인드 뷰티가 지향하는 것도 사회적 성공에 한정되지 않는다.

이것은 보다 다양한 영역에 적용되는 삶의 지혜이자 행복한 삶을 살기 위한 일종의 지침이다. 개인적으로 이 책을 읽는 독자들에게 마인드 뷰티가 행복한 삶으로의 길잡이 역할을 해주길 기대한다. 또 독자들의 이해를 돕기 위해 마인드 뷰티 단계를 현대인들에게 친숙한 미용 기법에 접목, 내면의 아름다움을 가꾸는 과정을 알기 쉽게 정리해 보았다.

아름다운 외모를 가진 사람이 감탄과 동경의 대상이 되고 그들의 겉모습이 미의 기준이 되는 풍토가 형성된 것은 어제오늘의 일이 아니다. 하지만 다른 사람이 부러워하는 외모를 가졌다고 해서 모두가 행복한 것은 아니다. 진정한 행복의 요건은 외모가 아닌 내면에서 비롯된다. 나는 그간의 경험을 통해 그것을 누구보다도 정확하게 알고 있고 겉으로 보이는 모습에 집착하는 사람의 내면이 얼마나 황폐해지기 쉬운지도 잘 알고 있다.

예쁘고 아름다운 외모가 사람들의 마음을 끄는 것처럼 내적인 아름다움을 지닌 사람이 지금보다 더 인정받고 존중받는 토양이 형성된다면 우리 사회는 지금보다 훨씬 더 안정될 수 있을 것이다. 이 책이 얼마나 많은 독자들에게 울림을 줄 수 있을지는 알 수 없지만 그런 풍토가 형성되는 데 조금이라도 도움이 될 수 있기를 바란다.

마인드 뷰티 1단계 - 마음의 상처 치유하기

깨끗한 피부를 갖기 위해서는 꼼꼼하고 세심한 클렌징이 필수인 것처럼 '마인드 뷰티' 단계를 밟기 위해서는 먼저 가슴속에 쌓여 있는 묵은 각질을 벗겨내는 과정을 거쳐야 한다. 예를 들면 과거에 대한 트라우마, 부정적인 관념, 선입견, 편견 등 마음의 불순물을 씻어주는 과정이 필요한 것이다.

화장을 한 후 계속 두는 것이 아니라 피부가 숨을 쉴 수 있도록 클렌징을 해주는 것처럼 마음의 피부 또한 숨 쉴 수 있게 깨끗이 씻어내는 과정이 필요하다.

내 경우 이 단계에서 탈선을 일삼던 어린 시절과 사람들의 비하 그리고 불합리한 세상에 대한 회의와 분노 등을 한 걸음 물러서서 바라보는 방법을 터득할 수 있었다. 바꿀 수 없는 과거에 발목 잡혀 현재를 소홀히 하는 것도 또 다른 과오를 저지르는 일이라고 생각했고, 설사 내가 죄책감과 부끄러움을 느끼며 숨으려고 한들 그것이 나는 물론이고 세상에도 아무런 이익이 없다고 생각했다.

결국 모든 것은 마음먹기에 달려 있다는 결론을 내렸고 그 후에야 비로소 미움과 분노, 두려움으로 얼룩진 내 마음을 정화할 수 있었다. 내가 이 단계를 거치지 않았다면 사람에 대한 의심과 회의 속에 아무것도 하지 못한 채 세월을 보냈을 것이고 지금의 김아현도 없었을 것이다.

넘어져서 몸에 조그만 생채기만 나도 깨끗한 물로 상처 부위를 씻고 소독약을 발라 치료하는 것이 상식이다. 마음의 상처 또한 몸의 상처와 마찬가지라서 치료하지 않고 그대로 놔두면 통증은 물론이고 세균 등에 의해 2차 감염이 일어나기 쉽다. 게다가 몸의 상처와 달리 마음의 상처는 두고두고 잠재의식에 남아서 영향력을 미치기도 한다. 우울증, 무력감, 열등감, 피해의식 등이 그것이다.

때문에 마음의 상처를 씻어내고 치유하는 것은 내면의 아름다움을 가꾸는 데 반드시 필요한 과정이다. 부정적인 생각으로 가득 찬 척박한 마음에 꿈, 희망, 행복, 사랑 등의 감정이 뿌리내리기는 어렵다.

다른 단계들도 나름의 중요성을 갖지만 이 단계는 내면의 아름다움을 가꾸는 '마인드 뷰티'에서 가장 중요한 단계이다. 일상생활에서도 깨끗이 세안한 후에야 화장을 하는 것처럼 이 과정을 거쳐야 이후의 단계를 진행할 수 있다. 이 점을 꼭 기억해두자.

마인드 뷰티 2단계 – 내면의 소리에 귀 기울이기

화장을 할 때도 촉촉하고 매끄러운 피부를 위해 스킨, 에센스, 로션, 앰

플, 베이스 등을 사용하는 기초단계가 있다. 화장을 하는 사람이라면 누구나 이 단계가 제대로 되어 있어야 화장이 뜨지 않고 잘 먹는다는 것을 알고 있다. 특히 마지막에 바르는 베이스의 경우 모공을 가려주고 화장의 지속력을 높여주는 아이템이다. 베이스를 선택할 때 중요한 것은 자기 피부색에 맞는 색조를 선택하는 것이다.

이것을 마인드 뷰티에 적용하면 자기가 어떤 사람인지를 파악하는 것이다. 내가 나를 모른다는 것이 말이 되느냐고 묻는 사람도 있을지 모른다. 그런데 여기서 말하는 자기 자신이란 겉으로 보이는 모습이 아닌 마음속 깊숙이 숨겨진 진정한 자신, 즉 아무런 가면을 쓰지 않은 있는 그대로의 자신을 말한다.

사실 이 단계는 특히나 한국 사람들에게 중요하다. 왜냐하면 한국인은 다른 사람의 시선을 지나치게 의식하고 타인의 기대에 맞춰가며 사는 것에 유난히 익숙해져 있기 때문이다.

어린 시절부터 성인이 된 이후까지 치열하기 그지없는 생존 경쟁을 치르다 보니 타인의 시선이나 판단에 신경을 쓰는 것은 어쩌면 필연적인 결과일 것이다. 하지만 정도가 과해 어느새 진짜 자신을 잃어버리고 주변 사람들의 기대에 이리저리 치이며 살아가는, 이른바 주객이 전도된 경우가 발생하기 때문에 문제가 되는 것이다. 더 큰 문제는 이런 삶이 행복하지 않은 것이 당연한 데도 그것으로부터 벗어날 만한 뾰족한 수가 없다는 것이다.

행복하게 살고 싶지 않은 사람은 아무도 없고 진정한 행복은 자기가 주체가 되어 스스로 만족하는 일을 하면서 살 때 누릴 수 있다. 적어도 타인이 아닌 자신이 주체가 된 삶을 꿈꾸는 사람이라면 자기가 원하는 것보다 타인의 기대를 우위에 놓아서는 안 된다. 그리고 진정으로 원하는 것이 무엇인지를 알아야 한다. 그래야 다른 사람의 기대 심리에 쉽게 휩쓸리지 않을 수 있다.

내 경우 이 단계에서 비로소 살아야 하는 진짜 이유를 찾을 수 있었다. 또 원하는 것을 얻기 위해 노력하고 도전하는 과정에서 주체적으로 살아가는 방법을 배울 수 있었다.

이전 세대의 사람들은 대부분 정해진 틀 안에서 순응하며 살았다. 그런 태도가 어떤 측면에서는 안정과 평화를 보장해주기도 했다. 하지만 그런 시대는 이미 지나간 지 오래다. 지금은 능동적으로 자신의 삶을 개척해야 살아갈 수 있는 시대다. 적어도 지금보다 더 행복해지고 싶다면 외부의 소리가 아닌 내면의 소리에 귀 기울이기 바란다. 그것이 행복을 얻는 첫 번째 조건이다.

마인드 뷰티 3단계 – 분별력 키우기

기초가 끝나면 다음 순서는 파운데이션과 파우더, 블러쉬로 피부 표현을 해줄 차례이다. 여기서부터 화장의 윤곽이 드러나기 시작한다. 마인드 뷰티에서 이 단계는 자신의 삶을 설계하고 디자인하는 단계에 해당된다. 그리고 이 단계에서 가장 기본적인 전제가 되는 것은 잘할 수 있는 일을 선택하는 것이다.

현대인들의 평균 수명은 어느 시대보다 길어졌고 이것은 할 수 있는 것,

그리고 해야 하는 것이 많아졌다는 것을 의미한다. 따라서 대세나 유행에 쫓겨 아무런 끌림도 없고 소명의식도 없는 일을 선택하는 것은 어리석은 일이다. 게다가 조금만 생각해보면 주위 시선을 의식해서 원하지도 않은 길을 갔을 경우 생존경쟁에서 뒤처진다는 것을 알 수 있다.

평균 수명이 길어진만큼 현대인들의 교육 수준 또한 그에 비례하여 진보했고 이것은 꾸준한 자기계발을 통한 실력 키우기가 사회생활에서의 성취를 판가름한다는 것을 의미한다. 발전하려고 하지 않고 현실에 안주하는 사람에게 미래는 보장되지 않으며 이것은 어떤 직종의 일을 하든 보편적으로 적용되는 법칙이다. 상식적으로 생각해도 마지못해 원하지 않은 일을 하는 사람보다 진정으로 그 일을 좋아하는 사람이 가진 경쟁력이 더 큰 것은 당연한 일이다.

물론 어쩔 수 없이 내키지 않는 일을 해야 하는 경우도 있지 않느냐고 반문할 수 있다. 그런 경우가 비일비재하게 일어나는 것이 우리 사회의 현주소라는 것도 분명한 사실이다. 그런데 지금 당장 하고 싶은 일을 할 수 없다고 해서 꿈마저 포기하는 것은 자기 삶의 주체를 내가 아닌 다른 무언가에 넘기겠다는 말과 같다. 그것이 돈이 됐든 주변 사람들의 기대가 됐든 말이다.

나는 심리학과 교수가 되는 것보다 강사가 되는 것을 선택했다. 교수보다는 강사가 더 끌렸고 이 일이 나를 더 설레게 했기 때문이다. 힘들게 박사과정까지 공부해놓고 왜 갑자기 애먼 곳으로 눈을 돌리느냐는 말을 수없이 들었지만 나는 심리학 공부를 좋아하기는 해도 그 분야에서 최고가 될 수 없다는 것을 알고 있었다. 또 무엇보다 강사 일을 더 잘할 수 있다는

확신이 있었다,

강사가 되기로 결정한 후 내 선택이 틀리지 않았다는 것을 증명하기 위해 나는 나름의 전략을 세웠다. 잘할 수 있다는 백 마디 말보다 눈에 보이는 성취가 중요하다고 생각했기 때문이다.

한동안 나는 강사 일을 잘하기 위해 필요한 역량을 개발하는 일에 주력했고 닥치는 대로 자격증을 취득하기보다는 내가 유용하게 활용할 수 있고 경쟁력을 높이는 데 도움이 되는 것들을 선택했다. 그리고 생각지도 못한 사이 스펙보다 더 귀중한 능력을 갖게 되었다. 바로 분별력이었다.

분별력이란 상황에 맞는 대처 능력과 판단 능력을 뜻한다. 그리고 자격증처럼 교육과정을 이수하고 시험을 통과해서 얻을 수 있는 것이 아니다. 분별력은 꾸준한 자기계발을 통해 얻을 수 있는 지혜이자 상황을 정확하게 가늠하고 상대를 배려할 줄 아는 사람이 갖는 품위이다.

눈에 보이는 것은 아니지만 분별력은 사회생활은 물론 인간관계에도 지대한 영향력을 미친다. 분별력을 가진 사람은 쓸데없는 에너지 소모를 줄일 수 있고 모든 역량을 보다 효과적으로 사용할 수 있다. 분별력이 성공 여부를 판가름 하는 중요 요소인 것도 그 때문이다.

교수보다는 강사를 선택하고 전공과 적성을 살릴 수 있는 분야의 자격증을 취득한 것은 내 나름대로 분별력을 발휘했기 때문이다. 그리고 그 결과는 예상보다 훨씬 큰 이득으로 돌아왔다.

누군가의 표현에 따르면 지금 나는 물 만난 고기처럼 활개를 치는 중이다. 이 모든 것이 나는 좋아하는 일보다 잘하는 일을 선택한 덕분이라고 생각한다. 그래서 좋아하는 일이긴 하지만 최고가 되기는 어려울 것 같고 그것보다 더 잘할 수 있다고 생각되는 일이 있다면 먼저 잘할 수 있는 일을 하라고 조언한다. 내가 그랬던 것처럼 잘할 수 있는 일을 열심히 하다 보면 그 일을 더 좋아하게 될 수도 있기 때문이다.

진로선택을 예로 들기는 했지만 분별력은 다른 영역에서도 광범위하게 활용된다. 삶을 선택과 결정의 연속이라고 한다면 최상의 선택을 하기 위해서는 분별력이 반드시 필요하다. 분별력을 갖춘 사람은 과오와 실패가 적을 수밖에 없다.

물론 그렇다고 실패를 두려워하라는 말은 아니다. 한 번도 실패하지 않고 인생을 사는 사람은 아무도 없다. 다만 실패가 반복되면 누구나 주눅 들고 의기소침해질 수 있으며 그것이 트라우마로 이어지기도 한다. 내가 우려하는 점은 바로 그것이다.

흔히 실패를 성공의 어머니라고는 하지만 나는 모든 실패가 반드시 성공으로 이어지지는 않는다고 생각한다. 그것 자체만 따로 떼어놓고 보면 실패는 실패이고 트라우마로 변질될 수도 있는 유쾌하지 않은 경험이다. 반대로 실패를 성공으로 바꾸고 싶다면 분별력을 키워야 한다. 목표를 달성하고 원하는 것을 얻으려 해도 분별력 없이 성공할 수 있는 경우는 거의 없다.

때때로 분별력은 스스로를 지키고 방어하는 무기가 되기도 하고 타인의 호의와 신뢰를 이끌어내는 지혜가 되기도 한다. 확실한 것은 어떻게 활용하든 분별력은 우리에게 최상의 결과를 선물해준다는 것이다.

분별력은 학벌이나 교육 수준과도 무관하다. 많이 배우고 잘나고 똑똑한 사람이 갖는 자질이 아니라는 것이다. 삶은 누구에게나 공평하게 주어져 있고 그 속에서 얼마나 많은 것들을 배우느냐는 오롯이 자신에게 달려 있다. 시간을 채우기 위한 삶이 아니라 의미 있고 성취하는 삶을 살고 싶은가? 그렇다면 분별력을 키우길 바란다. 그것은 당신에게 가장 좋은 것을 선물해줄 것이다.

마인드 뷰티 4단계 – 사랑과 긍정의 마인드 탑재하기

피부표현이 끝나면 눈썹, 아이섀도, 아이라이너, 마스카라, 입술 등 얼굴에 색조를 입히는 단계로 들어간다. 이 과정에서는 원하는 분위기를 연출하기 위해 다양한 미용기법이 사용된다.

화장은 오랜 세월 여성들의 전유물로 여겨졌으나 현대에 이르러서는 남성들도 화장을 통해 외모를 가꾸고 개성을 표현하는 흐름이 등장했다. 물론 아직까지는 남성이 화장하는 것에 대해 곱지 않은 시선을 보내는 사람들이 많지만 남성들도 스스로를 꾸미고 싶은 욕구를 가지지 말라는 법도 없을 뿐더러 화장하는 남성들에 대해 선입견을 가지지 않는 사람들도 늘어나면서 시간이 갈수록 자연스럽게 받아들여지고 있다.

여성이든 남성이든 스스로를 꾸미고자 하는 욕구가 있고 그것이 화장이라는 형태로 나타나는 것이라면 마인드 뷰티 관점에서 화장은 타인에 대한 배려, 이해, 공감, 긍정의 감정이라고 할 수 있다. 그리고 이러한 마인드를 갖게 하는 궁극적인 힘은 바로 사랑하고 사랑받고 싶은 인간의 본능이다.

세상에 갓 태어나 스스로를 돌볼 수 있을 때까지 사람은 누구나 보호하고 양육해줄 사람을 필요로 한다. 그 상대가 부모가 됐든 다른 누군가가 됐든 어린아이를 키우는 데도 적지 않은 수고가 필요한 법이고 그 수고를 표현하는 데 가장 좋은 단어는 바로 사랑이다. 사람은 태어나는 순간부터 누군가의 사랑에 기대어 자라야 하는 존재이기 때문에 사랑하고 사랑받고 싶은 본능을 가질 수밖에 없다.

내적인 아름다움을 지닌 사람 또한 내면에 충만한 사랑을 가진 사람이다. 인간의 마음속 깊은 곳에는 늘 사랑받고자 하는 본능이 자리 잡고 있기 때문에 '마인드 뷰티'의 전 단계는 사랑하고 사랑받는 방법을 배우는 과정이라고 할 수 있다.

이 단계는 마인드 뷰티의 마지막 스텝이며 대중적으로 잘 알려진 몇 가지 미용기법에 적용해 살펴보고자 한다. 마인드 뷰티를 최종적으로 완성하는 단계인만큼 이 과정을 통과하는 사람은 자신을 사랑하는 방법은 물론 타인을 사랑하는 방법까지도 알 수 있을 것이다.

투명 메이크업 – 스스로를 있는 그대로 바라보기

투명 메이크업의 가장 큰 특징은 자연스럽고 깨끗한 피부표현과 한 듯 안 한 듯 가볍게 마무리한 색조 화장이다. 마인드 뷰티에서 이 기법은 자신을 있는 그대로 인정하고 받아들이는 것에 해당된다.

눈에 띄게 꾸미지 않는 투명 메이크업처럼 자신을 투명하게 바라보고 장점을 찾는 것이 이 단계의 포인트이다. 마인드 뷰티는 내면의 아름다움을 가꾸는 과정이므로 장점을 보지 못하면 그만큼 실패할 확률은 높아진다.

메이크업 전문가의 말에 따르면 투명 메이크업은 최대한 자연스럽게 표현하되 외모의 장점이 도드라져 보이도록 연출하는 것이 중요한 기법이다. 즉, 인위적으로 포장하려고 하지 않고 있는 그대로 자신을 인정함으로써 스스로를 사랑하는 방법을 배우는 것이다. 그러다 보면 장점 또한 자연스럽게 드러나게 마련이다.

자신을 사랑하지 않는 사람을 사랑해주는 사람은 아무도 없다. 스스로를 있는 그대로 사랑해야 인위적으로 꾸미고 포장하지 않게 되고 그런 다음에야 다른 사람에게도 믿음과 신뢰를 줄 수 있다.

자신에 대해 과하게 포장하기 시작하면 타인의 눈에는 진짜 모습을 숨기는 것으로 비춰지고 그것이 반복되다 보면 믿을 수 없는 사람으로 보일 가능성이 다분해진다. 신뢰할 수 없는 사람을 사랑할 수 없는 것은 당연한 일이다.

누군가에게 사랑받고 싶다면 먼저 스스로를 투명하게 바라보고 장점을 찾는 일부터 시작해보자. 감추고 포장하는 사람보다 있는 그대로의 자신을 스스럼없이 내보이는 사람에게 신뢰와 믿음이 가는 법이다. 다른 사람을 믿는다는 것이 좀처럼 쉽지 않은 요즘 시대에 사람의 마음을 얻는다는 것은 큰 선물을 받는 것과 같다. 그 선물은 사랑이라고 불러도 손색이 없을 것이다.

꾸미지 않는 솔직함은 사람의 장점을 보다 자연스럽게 드러내준다. 인위적으로 드러나 보이게 하는 것은 어딘지 모르게 불편함과 어색함을 느끼게 하지만 자연스럽게 드러나는 장점은 안정감과 편안함을 주고 그것은 믿음과 신뢰가 바탕이 되기에 가능한 일이다.

기만과 속임수는 사람과 사람 사이를 멀어지게 하지만 신의와 믿음은 인간관계를 더욱 돈독하게 한다. 꾸미고 감추는 사람보다 솔직하게 자신을 드러내는 사람에게 신뢰가 가는 것은 인지상정이다. 사람의 마음을 얻고 싶다면 꾸미고 숨기는 것이 아니라 자기 모습 그대로를 투명하게 드러내야 한다. 그것이 자연스럽게 이뤄질 때 우리는 비로소 사랑받는 자신을 발견할 수 있을 것이다.

화사한 메이크업 – 비전과 긍정적인 마음 갖기

많은 사람들이 화사한 메이크업이 잘 어울리는 계절로 봄을 꼽는다. 나역시 생동하는 봄에 화사한 메이크업이 가장 어울린다고 생각한다. 그리스 신화에서 봄은 명부에 있던 페르세포네가 어머니인 데메테르 여신의 곁으로 돌아오는 때이기도 하다. 반가움과 기쁨, 환희가 함께하는 시기인 것이다.

마인드 뷰티에서 이 단계는 가슴속에 꿈과 희망을 품고 주변 사람들에게 긍정의 에너지를 전하는 사람이 되는 단계이다. 확고한 목표와 비전을 가진 사람은 존재만으로도 주변을 가득 채우고 맑고 순수한 기운을 전파한다. 나도 할 수 있다는 자신감, 우리도 해낼 수 있다는 도전정신을 일깨우는 것이 이런 사람들의 특징이다.

이 단계를 마스터한 사람은 자신이 속한 공동체를 발전시키고 자기 능력에 대한 확신과 건강한 자존감, 균형 잡힌 분별력과 통찰력을 고루 가진다. 또 힘들어하는 사람의 어려움을 공감하고 그에게 실질적으로 도움이 되는 조언을 해줄 수 있는 안목과 지혜를 가지기도 한다.

그런데 급격한 경제 성장기를 거친 후유증 때문인지 우리 사회에는 비전을 세우고 목표를 달성함으로써 부와 명예를 가진 사람을 오만한 사람으로 묘사하는 경우가 있다. 게다가 다른 한편에서는 내가 올라서기 위해서는 주위의 사람들을 밟아야 하고 쓰러뜨려야 한다는 비상식적인 인성교육이 은연 중에 이뤄지고 있다며 개탄하는 사람들도 있다.

모든 현상에는 다양성이 존재할 수밖에 없고 분명 어디에선가는 그런 일이 벌어질 수도 있겠지만 중요한 것은 '성공한 사람'을 둘러싼 보편적 이미지가 후자보다는 전자에 가까워야 한다는 것이다. 다시 말해 자신의 분야에서 성과를 인정받고 명예를 얻은 사람일수록 긍정적인 마인드를 주변 사람들에게 전파하고 우월감이 아닌 진심에서 우러나온 격려와 조언을 할 줄 알아야 한다.

물론 사람에 따라서는 전자보다는 후자의 경우를 더 자주 목도한 사람도 있을 것이다. 그리고 한 번 형성된 부정적인 이미지를 바꾸는 일은 결코 쉽지 않을 것이다. 하지만 그렇기 때문에 더더욱 성공한 사람에 대한 인식은 바뀌어야 한다. 내면의 아름다움을 가지지 못한 사람이 부와 명성이라는 권력을 쥐었을 때 그것이 어떻게 변질되고 남용될 수 있는지는 어렵지 않게 예상할 수 있다.

타인은 함께 어울려 조화롭게 살아가야 할 대상이지 쓰러트리거나 밟고 올라서야 하는 존재가 아니다. 내면의 아름다움을 가진 사람은 그렇지 않은 사람보다 타인을 소중히 여기고 존중할 줄 안다. 그리고 긍정적인 마인드로 사람을 대하고 비전을 공유하는 것을 즐긴다. 이런 사람들이 많아질수록 우리 사회가 보다 균형 있게 발전할 수 있다.

달콤하고 화사한 말이지만 너무 뜬구름 잡는 이야기라고 생각하는 독자들도 있을 것이다. 하지만 현실에서 이런 사람들이 많아질수록 가장 큰 혜택을 받는 것은 바로 우리들 자신이다. 사람은 누구나 행복해질 권리가 있다는 것을 진심으로 믿는다면 세상의 부조화를 체념하고 받아들이는 것이 아니라 그것을 바꾸겠다는 비전을 가져야 한다. 그 비전을 이루는 데 긍정적인 마인드는 필수조건이다.

내면의 아름다움을 가꾸는 일은 자신을 사랑하는 일이고 내가 속한 공동체를 발전시키는 일이며 나아가 우리가 사는 사회 전체를 변화시키는 일이다. 여기서 말하는 비전과 긍정적인 마인드를 갖는 것은 그 비전을 이루기 위한 수단이다. 나를 둘러싼 현실이 갑갑하게 느껴지고 깨부수고 싶다면 세상의 것과는 다른 마인드, 다른 태도를 보다 많은 사람들에게 전파해보는 것도 좋은 전술이다. 그리고 이 전술이 성공한다면 우리는 따뜻한 지성과 품격 있는 마인드가 승리하는 것을 생생하게 지켜보는 행운을 잡을 수 있을 것이다.

스모키 메이크업 – 필요할 때 강해지기

스모키 메이크업의 특징은 또렷한 눈매이다. 다른 미용 기법에 비해 강한 인상을 주기 때문에 스모키 메이크업은 강한 여자와 기 센 여자를 연상시키기도 한다.

이 기법을 마인드 뷰티에 적용하면 필요할 때 강해지는 단계에 해당한다. 모질고 이기적인 사람이 되라는 말은 당연히 아니다. 여기서 말하는 '강함'이란 열정과 인내심, 의지를 가지라는 뜻이다.

성공, 성취감, 보람, 감사 등 긍정적인 감정의 이면에는 의지, 인내, 성실 등의 수고가 깔려 있다. 그리고 이 모든 것은 '정신력'의 범주에 해당한다. 만족스러운 삶을 살기 위해서는 나부터가 강한 정신력을 가져야 한다. 사랑, 생명, 존중, 배려 등 사람들의 마음을 움직이고 감동시키는 가치들도 건강한 정신력이 바탕이 되었을 때 비로소 현실화된다.

지금까지 살면서 강한 의지를 가지고 어떤 일을 추진했던 때를 돌아보면 가장 먼저 떠오르는 기억은 대학 편입에 도전했던 일이다. 전문대 졸업장밖에 없었던 내가 지역 방송국에 리포터로 채용되고 그 후 알게 모르게 겪어야 했던 서럽고 야속했던 일들 때문에 나는 세상에서 더 이상 다치지 않기 위해 다시 공부를 시작했다. 그리고 정말 독하게 공부했다.

내가 입버릇처럼 한 번은 독해져야 한다, 한 번은 지독하게 강해져야 한다고 말하는 것도 그 때문이다. 대학에 편입한 후, 나를 바라보는 세상의 시선은 나조차도 놀랄 정도로 달라졌고 학부를 졸업하고 대학원 과정을 밟을 때 나의 가치는 리포터로 활동하던 시절의 그것과는 확실히 달랐다. 나는 보다 큰 비전을 꿈꿀 수 있었고 내 실력에 대한 확신과 자신감을 가지고 일을 진행할 수 있었다.

공부는 나에게 하고 싶은 일을 할 수 있는 '자격'을 갖춰 주는 수단이었다. 물론 학벌을 기준으로 사람의 능력을 판단하는 사람이라면 고작 지방국립대 대학원을 나와서 얼마나 대단한 일을 하겠냐며 비아냥거릴 수도 있다. 다행스러운 것은 그런 빈정거림에 발끈할 이유가 나에게는 전혀 없다는 점이다.

나는 다른 사람보다 더 많이 갖고 더 높은 자리에 오르고 싶어서 공부를 한 것이 아니다. 말 그대로 하고 싶은 일을 하기 위해 최소한의 자격을 갖춘 것이고 천성이 못 배워서 안 된다는 악담을 들으면서도 그것이 아니라는 것을 증명했다. 한 번 깨트린 고정관념을 두 번이라고 못 깨트릴 이유가 나에게는 없었다.

게다가 나는 다른 사람을 내려다보고 군림하고 싶어서 학위를 취득한 것이 아니다. 나란 사람이 이런 것도 할 수 있다는 것을 보여주고 설득하기 위해 공부했고 그것이 훗날 내 인생의 멘토와 참 스승을 만나게 해주는 통로가 되었다.

그래서 나는 원하는 것이 무엇이든 열정과 의지, 성실과 노력으로 나에게 충분한 자질과 역량이 있다는 것을 증명하는 것이 먼저라고 생각한다. 물론 쓸데없는 기우일 수도 있겠지만 혹시 독자들 중에 시대가 그것을 인정해주지 않는다고 느끼는 분이 있다면 그분들에게 하고 싶은 말이 있다. 바로 그것이 진실이라고 해도 그것은 다수의 힘을 모아 세상을 변화시켜야 한다는 신호이지 좌절하고 분노하라는 뜻이 아니라는 것이다. 이 말을 실속 없는 빈말로 만들지 않으려면 강한 의지가 필수라는 것은 너무나 당연하고 한 번은 정말 지독하게 독해져야 꿈과 희망을 이야기하고 당당하게 비전을 논할 수 있다고 생각한다.

무엇이 됐든 목표가 확실하고 그 일에 대한 확고한 비전이 있다면 내가 할 수 있는 최선을 다한 다음 이후의 일을 계획하고 실행하자. 그때는 최소한 당신을 대하는 세상의 태도가 달라져 있다는 것을 확연히 느낄 수 있고 당신은 목표 달성의 고지에 한 걸음 더 다가갈 수 있을 것이다.

외모를 예쁘고 아름답게 가꾸기 위한 일종의 기술이 화장이라면 지금까지 살펴본 마인드 뷰티의 4단계는 내면의 아름다움을 갖기 위한 하나의 전략이다. 외모를 가꾸듯이 내면을 가꾸는 사람에게는 품위 있는 향기가 나고 그 향기는 세상을 변화시킨다. 부처님을 모신 법당에 초를 켜고 향을 피우는 것도 부처님의 공덕과 깨달음이 널리 퍼지기를 기원하는 것에서 비롯된 것이다.

화장을 한 사람에게 향기가 나는 것처럼 마음을 가꾸는 사람에게는 내면의 향기가 난다. 내적인 아름다움의 완성 즉, 마인드 뷰티를 이루기 위해서는 마음에도 풀메이크업을 해줘야 한다. 이런 사람들은 자신을 바꾸고 타인을 고무시키며 세상을 변화시킨다. 마인드 뷰티의 진정한 힘은 바로 이것이다.

마인드 뷰티는 당신의 삶을 사랑과 행복으로 채워줄, 세상에서 가장 평화로운 전략이다. 흔들리지 않는 의지와 보다 나은 삶에 대한 열정만 있다면 마인드 뷰티 4단계는 누구나 통과할 수 있다. 이 단계들을 하나씩 통과할 때마다 투명해지고 산뜻해지고 가벼워지는 자신을 느낄 수 있을 것이다. 그 행복이 얼마나 큰지 오롯이 느끼길 바란다. 우리에게는 그럴 권리가 있다.

심리학에서 말하는 마음 재해석

영화 '철의 여인'에 등장하는 마가렛 대처 수상의 대사 중 이런 말이 있다.

생각을 조심하라. 그것이 너의 말이 된다.
말을 조심하라. 그것이 너의 행동이 된다.
행동을 조심하라. 그것이 너의 습관이 된다.
습관을 조심하라. 그것이 너의 인격이 된다.
인격을 조심하라. 그것이 너의 운명이 된다.
생각을 조심하라. 그것이 운명을 바꿀 것이다.

사람의 생각에는 강력한 힘이 있다. 위 대사에서 말하는 것처럼 생각은 말이 되고 말은 행동이 되며 행동은 습관, 인격, 운명을 지배하기 때문이다. 사실 어떤 생각을 하느냐에 따라 운명이 바뀐다는 말은 현대인들에게 모호하고 애매한 말일 수 있다.

하지만 조금만 생각해보면 나의 생각이 판단과 선택이 되고 그 선택에 따라 일상이 움직이고 삶이 결정된다는 것을 알 수 있다. 때문에 나를 둘러싼 모든 현상들은 내 생각을 반영하고 있다고 봐도 무리가 없다.

그런데 나라고 해서 내 모든 생각을 속속들이 아는 것은 아니다. 때때로 생각은 손가락 사이로 떨어지는 모래 같기 때문이다. 현대인들에게는 하루에도 수십, 수백 번씩 머릿속을 스쳐 지나가는 생각의 편린들에 신경 쓸 여유가 없는 것도 사실이다.

그런데 자신의 생각이 원인이 되어 문제가 눈앞에 나타났는데도 영문을 몰라 당황하는 경우가 있다. 왜 이런 일이 벌어졌는지 무엇이 잘못된 것인지 알 도리가 없기 때문이다. 그럴 때 사람들은 문제의 원인을 자신이 아닌 외부에서 찾으려 하고 이것이 갈등과 반목을 불러오기도 한다.

힘들고 괴로운 일이 생겼을 때 자신의 내면을 들여다보고 무엇 때문인지 살펴보는 것은 마음공부의 기초 단계에 해당한다. 만약 모든 원인을 내 안에서만 찾는 것이 어렵다면 일단은 내면의 무언가와 외부의 무언가가 서로 공명하여 일어났다고 이해해도 좋다.

이제부터는 한 가지 예를 들어 내면을 들여다보는 방법에 대해 살펴보려고 한다.

사람은 누구나 살아가면서 타인과 갈등을 겪게 마련이다. 그리고 다른 사람과 갈등을 겪고 있는 사람은 상대방이 무엇 때문에 부정적인 반응을 보이는지 자기 나름대로 판단하는 경우가 많다. 그것이 맞든 틀리든 내가 생각하는 이유가 있는 것이다.

그런데 상대의 반응이 어디에서 비롯된 것인지 자신이 명확하게 알고 있는 것이 아니라 도무지 이유를 알 수 없어서 괴롭다면 그때는 내 안에 억눌려 있는 것이 무엇인지 살펴보는 것도 좋은 방법이다. 왜냐하면 억눌려 있는 무언가가 일순간 튀어나와 상대에게 전달되고 그것이 상대의 마음과 공명하여 갈등이 일어난 것이라면 그 억압된 심리를 끄집어내서 살펴봐야 인과관계를 명확하게 이해할 수 있기 때문이다.

심리학에서 억압이란 의식이 받아들이는 것을 거부하고 무의식에 가두어 둔 욕망, 충동, 생각들을 의미한다. 억압의 대상이 될 수 있는 감정들은 너무나 다양하고 그것은 개개인의 성향과 기질, 주변 환경에 따라 다양하게 변주된다.

다만 그중에서도 타인과의 인간관계를 손상시키는 대표적인 감정을 꼽자면 '시기심'을 들 수 있다. 이것은 말 그대로 다른 사람이 잘 되는 것을 시샘하고 미워하는 마음이다.

사람들이 흔히 하는 말 중에 '부러우면 지는 거다'라는 말이 있다. 부럽다는 것은 그것이 자기에게 없다는 것을 인정하는 것이고 그것을 인정하는 것은 결핍과 부재를 인식한다는 것이다. 자신에게 없는 것을 인식하고 그것을 부러워하기까지 하면 분명 이기는 삶이라고 할 수는 없다.

그런데 애초부터 이 모든 것은 '타인과의 비교' 때문에 일어나는 감정이고 '나와 너'를 비교하는 것은 긍정적인 결과보다 부정적인 결과를 초래하는 경우가 더 많다. 타인과 나를 비교하고 결핍과 부재를 인식하며 그러면서 부러우면 지는 거라며 스스로를 억누르는 악순환이 불러일으키는 갈등과 대립, 뿌리 깊은 반목은 전혀 이상한 일이 아니다.

그렇다면 마음속에 일어나는 시기심을 어떻게 다스리면 좋을까? 그것은 이 감정이 나에게 아무런 유익도 없음을 머리와 가슴으로 이해하는 것이다. 시기심의 밑바탕에는 상대가 '나보다 나은 것이 없다'는 마음이 깔려 있다. 상대를 인정하고 존중하면 시기심은 생기지 않는다.

하지만 나보다 나을 것도 없는 상대가 단순히 운이 좋아서 나에게는 없는 어떤 것을 가지게 되면 그것은 시기의 대상이 된다. 또한 나에게 없는 것이 단순히 '운'이었다고 생각하면 더 큰 실망감으로 이어질 수 있다. 왜냐하면 운이란 기본적으로 그 실체가 명확하지 않고 애매해서 사람이 그것을 의식적으로 쟁취하는 것은 거의 불가능하기 때문이다.

즉, 노력으로 얻어지지 않는 운의 도움을 받아 나에게 없는 것을 가진 사람에 대한 부러움, 이것이 바로 시기심이며 이것은 결국 세상을 분별 있게 바라보는 것을 방해한다. 눈에 보이는 것과 보이지 않는 것의 이치를 헤아려 현상과 사물을 올바르게 바라보는 것이 분별력이라면, 시기심은 눈에 보이는 현상만 보고 그 이면에 숨겨진 것들을 보지 못하기 때문에 가지는 감정이기 때문이다. 또한 이 감정이 타인에게 전달됐을 때 자신의 수고와 노력을 평가절하하고 깎아내리는 것에 분노하고 실망하게 만든다.

따라서 무언가 문제가 생겼을 때 외부에서 그 원인을 찾으려 하지 말고 내면에서 발견하려는 태도가 더 중요하다. 그것이 억압되고 숨겨져 있던 것일수록 끄집어내어 투명하게 바라보는 과정이 필요하다. 그것이 바로 마음공부이며 이것을 다른 말로 표현하면 내면의 균형과 아름다움을 가꾸는 과정, 즉 마인드 뷰티라고 할 수 있다.

청소년을 위한 마인드 뷰티

인터넷에서 초등학생 아이들이 쓴 황당 답안지 모음을 보고 숨이 넘어
가도록 웃은 적이 있다. 지금도 머리가 너무 복잡하거나 기발한 아이디어
가 필요할 때마다 한번씩 복습(?)하기도 한다. 아이들의 답안지에는 어떻
게 이런 생각을 했을까 싶을 정도로 아이들만의 유쾌한 센스가 넘쳐났고
볼 때마다 웃음 짓게 하는 순수함이 있었다.

어른들이 보기에 엉뚱하게만 보일 수 있지만 아이들에게는 아이들만의
관점이 있고 그것이 정답인지 아닌지는 크게 중요하지 않다. 오히려 상상
력이 좋은 아이일수록 창의력이 뛰어난 인재로 성장할 가능성이 높다는
것이 전문가들의 견해이다.

선입견이나 편견이 없는 아이들을 가르칠 때 어른들이 특히 조심해야
하는 부분도 이것이다. 주변의 정보들을 스펀지처럼 빨아들이는 아이들
에게 틀에 박힌 고정관념을 주입하고 그것이 정답이라고 가르치는 것은

사실 우리 교육의 본래 목적에도 위배된다.

아마 대다수의 사람들은 잘 모르겠지만 현재 우리나라의 국민교육헌장에는 교육 목적 중 하나로 '우리의 처지를 약진의 발판으로 삼아 창조의 힘과 개척의 정신을 기른다'는 내용이 명시돼 있다. 오로지 교과서 위주의 지식만을 암기하게 하는 현재의 교육 방식이 아이들의 창조력을 얼마나 발휘하게 해줄지는 의문이지만 주입식 교육이 자칫 고정관념을 무비판적으로 수용하게 하는 통로가 되지 않도록 주의할 필요가 있다.

한편, 우리는 민족중흥의 역사적 사명을 띠고 이 땅에 태어났다는 다소 비장하기까지 한 국민교육헌장의 첫 구절은 모르더라도 교육이 국가의 번영과 미래의 안녕에 지대한 영향을 미친다는 것은 누구나 동의할 수 있다.

교육법 제 1조에 따르면 우리나라의 교육은 홍익인간의 이념 아래 모든 국민으로 하여금 인격을 완성하고 자주적 생활능력과 국민으로서의 자질을 갖추게 하는 것을 목적으로 한다. 하지만 인간을 널리 이롭게 한다는 홍익인간의 이념이 무색할 정도로 현재 우리나라의 교육은 많은 부분에서 우리 스스로를 이롭게 하는 것조차 제대로 하지 못하고 있는 것이 사실이다.

부끄러운 일이지만 적지 않은 외국인들이 한국인의 성향을 가리켜 편견이 심하고 흑백논리에 젖어 있다고 평가한다. 물론 그런 평가 자체도 고정관념이라고 볼 수 있다. 하지만 맞고 틀림을 떠나 그런 고정관념이 널리 퍼질수록 그 피해는 고스란히 우리에게 돌아온다.

고정관념의 폐해는 다른 무엇보다 발전할 수 있는 가능성을 훼손한다는 것이다. 한 번 형성된 고정관념은 좀처럼 없어지지 않고 새로운 의견을 받아들이는 것을 거부한다. 따라서 고정관념을 분별하고 그 폐해를 경계하는 자세가 필요한데 이것은 본질을 꿰뚫어보는 통찰력과 지혜를 기름으로써 가능하다.

나이를 먹을수록 고정관념이 쌓이게 마련이고 그것은 선천적으로 타고나는 것이 아니라 후천적으로 학습된 결과이다. 따라서 가치관, 신념, 판단력이 형성되는 청소년 시기부터 고정관념의 폐해에 휘둘리지 않도록 균형 잡힌 사고력을 키울 필요가 있다.

이것을 마인드 뷰티에 적용하면 청소년기에 가장 필요한 것은 능동적으로 도전하고 실행해보는 것이다. 인류 역사를 살펴보면 사회문화 발전의 성장 동력이 진화하면서 대중의식도 함께 발달해왔다는 것을 알 수 있다. 이것은 창조적인 아이디어와 첨단기술의 발달, 교육수준의 향상이 발판이 되었기에 가능한 일이었다.

대다수의 국민들이 알고 있듯이 현재 우리 사회의 교육 시스템에는 수많은 모순과 불합리가 존재한다. 공교육이 무너지고 사교육이 그 자리를 대신하면서 부모의 경제력이 곧 자녀의 학벌, 나아가 사회적 지위까지 결정하는 시스템이 고착화되고 있다. 안타깝게도 교육 현장에서부터 그 폐해가 쌓이고 쌓여 사회적 불평등과 극심한 빈부격차로 이어지는 것이다. 이러한 시스템에 희생되기를 바라는 청소년은 없을 것이다. 그렇다면 기존의 고정관념에서 탈피해 새로운 가치를 창출하는 인재가 되는 것이 탈출구가 될 수도 있다.

하지만 현재 우리 사회의 청소년들 사이에서는 건강한 도전정신보다 미래에 대한 불안감이 더 크게 자리 잡고 있는 듯 보인다. 청소년들의 윤리의식에 대한 각종 조사결과를 보면 사회곳곳을 멍들게 한 자본주의의 극심한 폐해가 미래의 주역인 청소년들의 의식까지 망가뜨리고 있음을 알 수 있다. 자신보다 돈을 우선시하고 양심과 윤리보다 물질을 택하는 청소년들이 늘어갈수록 그 사회의 미래는 혼란과 무질서로 가득찰 수밖에 없다.

다른 어떤 때보다 물질적으로 풍족한 시대에 살면서도 청소년들의 가슴과 정신이 이 정도로 황폐해진 이유는 기성세대가 알게 모르게 심어 놓은 물질만능주의의 부작용이 주원인이라고 할 수 있다.

물론 일제 강점기와 6·25를 지나는 동안 그야말로 절대 빈곤의 늪에 빠져 버린 이 나라를 지금의 대한민국으로 바꿔놓은 주역은 기성세대다. 원조를 받던 나라에서 원조를 주는 유일한 나라가 되기까지 기성세대의 수고와 노력, 희생이 없었다면 그것은 불가능한 일이었을 것이다.

하지만 그 과정에서 수직적이고 폐쇄된 사고방식이 야기한 모순과 불합리의 독소가 사회·경제·문화·정치 전반에 걸쳐 널리 퍼지게 되었고 현재 우리 사회는 그 독소들을 정화하기 위한 효과적인 해결책이 절실한 상황이다.

오늘날 성공한 삶이라고 평가되던 사회지도층들의 부도덕한 실체가 언론을 통해 만천하에 공개되고 기성세대의 낯부끄러운 행태가 연일 보도되면서 세대 간 갈등과 불신의 골이 더욱 깊어지고 있다. 또한 지금의 젊은 이들을 노력이 부족하고 끈기가 없다고 평가하는 기성세대까지 등장하면서 현재 대한민국에는 단순한 세대 차이가 아닌 그보다 뿌리 깊은 대립과 반목의 기운이 싹트고 있다.

하지만 저성장 시대라는 시대적 배경을 이해하고 기존의 사회 시스템의 모순이 청년층을 어떻게 옥죄고 있는지 사려 깊게 통찰하는 기성세대가 늘어간다면 이해와 배려, 존중의 문화가 정착될 수 있을 것이다. 또한 이러한 흐름은 우리 사회가 새로운 성장 동력을 갖춘 사회로 발전하는 데 토양이 될 것이다.

따라서 지금의 청소년들에게 필요한 것은 견고하게 만들어진 틀에 가두고 그것에 안주하게 하는 것이 아니라, 각자의 재능과 흥미를 고려한 적절한 교육을 제공하고 그것을 바탕으로 미래지향적인 도전정신을 키워주는 일이다.

청소년기에 할 수 있는 마인드 뷰티는 여러 가지가 있지만 고정관념의 틀을 부수고 새로운 관념과 가치관을 받아들여 깨어 있는 의식을 갖는 것이 이후의 삶에 가장 큰 선물을 주는 일이다. 또한 이러한 노력들은 훗날 자신만의 경쟁력이 되어 현실적인 문제들을 해결하는 데 든든한 자산이 되어 줄 수 있다.

눈앞을 가로막고 있는 벽이 아무리 거대해 보여도 그 너머에는 언제나 넓은 세상이 펼쳐져 있고 그 세상을 보는 사람은 벽에 기대어 앉는 사람이 아니라 그 벽을 부수거나 넘어 가는 사람이다. 어쩌면 기성세대는 그 벽이 안전한 울타리라고 할 수도 있겠지만 한정된 공간 내에서만 안주하는 사람이 늘어가는 사회는 발전할 수 없다.

아무것도 없던 나라가 지금의 대한민국으로 발전한 데는 개척정신과 도전정신, 하면 된다는 의지가 있었다. 그 정신을 배우고 활용하는 것이 우리 사회의 청소년들이 받아야 할 진짜 교육이며 우리 아이들이 잃어가고 있는 자기애自己愛를 회복시켜 주는 일일 것이다.

　이 세상에 사람보다 더 가치 있는 물질은 없다. 또한 돈이든 가치 있는 다른 어떤 것이든 원하는 것을 얻기 위해서는 포기하지 않는 도전정신과 성실한 노력이 필요한 것이지 편법과 속임수로는 성취할 수 없다. 이것을 기억하고 실행에 옮긴다면 세상은 미래의 주역인 청소년들에게 언제나 좋은 것으로 보답해줄 것이다.

■ 참고문헌

정진일 지음, 《꿈이 없는 놈, 꿈만 꾸는 놈, 꿈을 이루는 놈》, 책이 있는 풍경, 2014.
아네스 안 지음, 최숙희 그림, 《프린세스 마법의 주문》, 위즈덤하우스, 2016.
김은주 지음, 양현정 그림, 《일 센티 플러스》, 허밍버드, 2013.
리처드 칼슨 지음, 강정 옮김, 《사소한 것에 목숨 걸지 마라》, 도솔, 2004.
신준식 지음, 《비 맞지 않고 크는 나무는 없다》, 느낌이 있는 책, 2014.
김수영 지음, 《멈추지 마, 다시 꿈부터 써봐》, 웅진지식하우스, 2010.
신달자 지음, 《엄마와 딸》, 민음사, 2012.
이해인 지음, 《작은 기쁨》, 열림원, 2008.
린다 피콘 지음, 유미성 옮김, 《365 매일 읽는 긍정의 한줄》, 책이 있는 풍경, 2008.
뮈리엘 바르베리 지음, 김관오 옮김, 《고슴도치의 우아함》, 아르테, 2007.
대화 지음, 《내안으로 떠나는 행복 여행》, 참글세상, 2010.
조양제 지음, 《악순환에 빠진 내 인생 선순환으로 바꾸는 긍정습관》, 끌레마, 2011.
박인선 지음, 《나는 넘어질 때마다 무언가를 줍는다》, 강단, 2015.
권도갑 지음, 《우리시대의 마음공부》, 열음사, 2007.
김애리 지음, 《여자에게 공부가 필요할 때》, 카시오페아, 2014.
혜민 지음, 이영철 그림, 《멈추면 비로소 보이는 것들》, 쌤앤파커스, 2012.
론다 번 지음, 김우열 옮김, 《시크릿》, 살림Biz, 2007.
레나 지음, 윤혜정 옮김, 《우리는 크리스탈 아이들》, 샨티, 2013.
전난영 지음, 《카르마와 인연법》, 지식공감, 2014.
이정일 지음, 《운, 준비하는 미래》, 이다미디어, 2015.
리지 벨라스케스 지음, 김정우 옮김, 《세상에서 가장 못생긴 여자》, 매경출판, 2014.
피천득 지음, 《인연》, 샘터, 20070
오 헨리 지음, 송종호 옮김, 《마지막 잎새》, 지경사, 2008.
전옥표 지음, 《지금 힘들다면 잘하고 있는 것이다》, 중앙북스, 2013.
정도언 지음, 《프로이트의 의자》, 웅진지식하우스, 2009.

영화, '철의 여인' 中 마가렛 대처 수상의 대사
국민교육헌장 교육법 제 1조

가림출판사 · 가림 M & B · 가림 Let's에서 나온 책들

건강도 키우고 성적도 올리는 자녀 건강
김진돈 지음 | 신국판 | 304쪽 | 12,000원
알기 쉬운 간질환 119
이관식 지음 | 신국판 | 264쪽 | 11,000원
밥으로 병을 고친다
허봉수 지음 | 신국전판 | 352쪽 | 13,500원
알기 쉬운 신장병 119
김형규 지음 | 신국판 | 240쪽 | 10,000원
마음의 감기 치료법 우울증 119
이민수 지음 | 대국전판 | 232쪽 | 9,800원
관절염 119
송영욱 지음 | 대국전판 | 224쪽 | 9,800원
내 딸을 위한 미성년 클리닉
강병문 · 이향아 · 최정원 지음 | 국판
148쪽 | 8,000원
암을 다스리는 기적의 치유법
케이 세이헤이 감수 | 카와키 나리카즈 지음
민병수 옮김 | 신국판 | 256쪽 | 9,000원
스트레스 다스리기 대한불안장애학회
스트레스관리연구특별위원회 지음
신국판 | 304쪽 | 12,000원
천연 식초 건강법
건강식품연구회 엮음
신재용(해성한의원 원장) 감수
신국판 | 252쪽 | 9,000원
암에 대한 모든 것
서울아산병원 암센터 지음
신국판 | 360쪽 | 13,000원
알록달록 컬러 다이어트
이승남 지음 | 국판 | 248쪽 | 10,000원
불임부부의 희망 당신도 부모가 될 수 있다
정병준 지음 | 신국판 | 268쪽 | 9,500원
키 10cm 더 크는 키네스 성장법
김양수 · 이종균 · 최형규 · 표재환 · 김문희 지음
대국전판 | 312쪽 | 12,000원
당뇨병 백과
이현철 · 송영득 · 안철우 지음
4×6배판 변형 | 396쪽 | 16,000원
호흡기 클리닉 119
박성학 지음 | 신국판 | 256쪽 | 10,000원
키 쑥쑥 크는 롱다리 만들기
롱다리 성장클리닉 원장단 지음
대국전판 | 256쪽 | 11,000원
내 몸을 살리는 건강식품
백은희 지음 | 신국판 | 384쪽 | 12,000원
내 몸에 맞는 운동과 건강
하철수 지음 | 신국판 | 264쪽 | 11,000원
알기 쉬운 척추 질환 119
김수연 지음 | 신국판 변형 | 240쪽 | 11,000원
베스트 닥터 박승정 교수팀의
심장병 예방과 치료
박승정 외 5인 지음 | 신국판 | 264쪽 | 10,500원
암 전이 재발을 막아주는 한방 신치료 전략
조종관 · 유화승 지음 | 신국판 | 308쪽
12,000원
식탁 위의 위대한 혁명 사계절 웰빙 식품
김진돈 지음 | 신국판 | 284쪽 | 12,000원
우리 가족 건강을 위한 신종플루 대처법
우준희 · 김태형 · 정진원 지음
신국판 변형 | 172쪽 | 8,500원
스트레스가 내 몸을 살린다
대한불안의학회 스트레스관리특별위원회 지음
신국판 | 296쪽 | 13,000원
수술하지 않고도 나도 예뻐질 수 있다
김경모 지음 | 신국판 | 144쪽 | 9,000원

심장병 119
서울아산병원 심장병원 박승정 박사 지음
신국판 | 292쪽 | 13,000원

교 육

우리 교육의 창조적 백색혁명
원상기 지음 | 신국판 | 206쪽 | 6,000원
현대생활과 체육
조창남 외 5명 공저 | 신국판 | 340쪽 | 10,000원
퍼펙트 MBA
IAE유학네트 지음 | 신국판 | 400쪽 | 12,000원
유학길라잡이 I - 미국편
IAE유학네트 지음 | 4×6배판 | 372쪽 | 13,900원
유학길라잡이 II - 4개국편
IAE유학네트 지음 | 4×6배판 | 348쪽 | 13,900원
조기유학길라잡이.com
IAE유학네트 지음 | 4×6배판 | 428쪽 | 15,000원
현대인의 건강생활
박상호 외 5명 공저 | 4×6배판 | 268쪽 | 15,000원
천재아이로 키우는 두뇌훈련
나카마츠 요시로 지음 | 민병수 옮김
국판 | 288쪽 | 9,500원
두뇌혁명
나카마츠 요시로 지음 | 민병수 옮김
4×6판 양장본 | 288쪽 | 12,000원
테마별 고사성어로 익히는 한자
김경익 지음 | 4×6배판 변형 | 248쪽 | 9,800원
생생공부비법
이은승 지음 | 대국전판 | 272쪽 | 9,500원
자녀를 성공시키는 습관만들기
배은경 지음 | 대국전판 | 232쪽 | 9,500원
한자능력검정시험 1급
한자능력검정시험연구위원회 편저
4×6배판 | 568쪽 | 21,000원
한자능력검정시험 2급
한자능력검정시험연구위원회 편저
4×6배판 | 472쪽 | 18,000원
한자능력검정시험 3급(3급II)
한자능력검정시험연구위원회 편저
4×6배판 | 440쪽 | 17,000원
한자능력검정시험 4급(4급II)
한자능력검정시험연구위원회 편저
4×6배판 | 352쪽 | 15,000원
한자능력검정시험 5급
한자능력검정시험연구위원회 편저
4×6배판 | 264쪽 | 11,000원
한자능력검정시험 6급
한자능력검정시험연구위원회 편저
4×6배판 | 168쪽 | 8,500원
한자능력검정시험 7급
한자능력검정시험연구위원회 편저
4×6배판 | 152쪽 | 7,000원
한자능력검정시험 8급
한자능력검정시험연구위원회 편저
4×6배판 | 112쪽 | 6,000원
볼링의 이론과 실기
이택상 지음 | 신국판 | 192쪽 | 9,000원
고사성어로 끝내는 천자문
조준상 글 · 그림 | 4×6배판 | 216쪽 | 12,000원
내 아이 스타 만들기
김민성 지음 | 신국판 | 200쪽 | 9,000원
교육 1번지 강남 엄마들의 수험생 자녀 관리
황송주 지음 | 신국판 | 288쪽 | 9,500원

초등학생이 꼭 알아야 할 위대한 역사 상식
우진영 · 이양경 지음 | 4×6배판변형
228쪽 | 9,500원
초등학생이 꼭 알아야 할 행복한 경제 상식
우진영 · 전선심 지음 | 4×6배판변형
224쪽 | 9,500원
초등학생이 꼭 알아야 할 재미있는 과학상식
우진영 · 정경희 지음 | 4×6배판변형
220쪽 | 9,500원
한자능력검정시험 3급 · 3급II
한자능력검정시험연구위원회 편저
4×6판 | 380쪽 | 7,500원
교과서 속에 꼭꼭 숨어있는 이색박물관 체험
이신화 지음 | 대국전판 | 248쪽 | 12,000원
초등학생 독서 논술(저학년)
책마루 독서교육연구회 지음 | 4×6배판 변형
244쪽 | 14,000원
초등학생 독서 논술(고학년)
책마루 독서교육연구회 지음 | 4×6배판 변형
236쪽 | 14,000원
놀면서 배우는 경제
김솔 지음 | 대국전판 | 196쪽 | 10,000원
건강생활과 레저스포츠 즐기기
강선희외11명공저 | 4×6배판 | 324쪽 | 18,000원
아이의 미래를 바꿔주는 좋은 습관
배은경 지음 | 신국판 | 216쪽 | 9,500원
다중지능 아이의 미래를 바꾼다
이소영 외 6인 지음 | 신국판 | 232쪽 | 11,000원
체육학 자연과학 및 사회과학 분야의 석 ·
박사 학위 논문, 학술진흥재단
등재지, 등재후보지와 관련된 학회지 논문
작성법
하철수 · 김봉경 지음 | 신국판 | 336쪽 | 15,000원
공부가 제일 쉬운 공부 달인 되기
이은승 지음 | 신국판 | 256쪽 | 10,000원
글로벌 리더가 되려면 영어부터 정복하라
서재희 지음 | 신국판 | 276쪽 | 11,500원
중국현대30년사
정재일 지음 | 신국판 | 364쪽 | 20,000원
생활호신술 및 성폭력의 유형과 예방
신현무 지음 | 신국판 | 228쪽 | 13,000원
글로벌 리더가 되는 최강 속독법
권혁천 지음 | 신국판 변형 | 336쪽 | 15,000원
디지털 시대의 여가 및 레크리에이션
박세혁 지음 | 4×6배판 양장 | 404쪽 | 30,000원

취미 · 실용

김진국과 같이 배우는 와인의 세계
김진국 지음 | 국배판 변형양장본(올 컬러판)
208쪽 | 30,000원
배스낚시 테크닉
이종건 지음 | 4×6배판 | 440쪽 | 20,000원
나도 디지털 전문가 될 수 있다
이승훈 지음 | 4×6배판 | 320쪽 | 19,200원
건강하고 아름다운 동양란 기르기
난마을지음 | 4×6배판 변형 | 184쪽 | 12,000원
애완견114
황양원 엮음 | 4×6배판 변형 | 228쪽 | 13,000원

경제 · 경영

CEO가 될 수 있는 성공법칙 101가지
김승룡 편역 | 신국판 | 320쪽 | 9,500원

정보소프트
김승룡 지음 | 신국판 | 324쪽 | 6,000원

기획대사전
다카하시 겐코 지음 | 홍영의 옮김
신국판 | 552쪽 | 19,500원

맨손창업 · 맞춤창업 BEST 74
양혜숙 지음 | 신국판 | 416쪽 | 12,000원

무자본, 무점포 창업!FAX 한 대면 성공한다
다카시로 고시 지음 | 홍영의 옮김
신국판 | 226쪽 | 7,500원

성공하는 기업의 인간경영
중소기업 노무 연구회 편저 | 홍영의 옮김
신국판 | 368쪽 | 11,000원

21세기 IT가 세계를 지배한다
김광희 지음 | 신국판 | 380쪽 | 12,000원

경제기사로 부자아빠 만들기
김기태 · 신현태 · 박근수 공저 | 신국판
388쪽 | 12,000원

포스트 PC의 주역 정보가전과 무선인터넷
김광희 지음 | 신국판 | 356쪽 | 12,000원

성공하는 사람들의 마케팅 바이블
채수명 지음 | 신국판 | 328쪽 | 12,000원

느린 비즈니스로 돌아가라
사카모토 게이이치 지음 | 정성호 옮김
신국판 | 276쪽 | 9,000원

적은 돈으로 큰돈 벌 수 있는 부동산 재테크
이원재 지음 | 신국판 | 340쪽 | 12,000원

바이오혁명
이주영 지음 | 신국판 | 328쪽 | 12,000원

성공하는 사람들의 자기혁신 경영기술
채수명 지음 | 신국판 | 344쪽 | 12,000원

CFO
교텐 토요오 · 타하라 오키시 지음
민병수 옮김 | 신국판 | 312쪽 | 12,000원

네트워크시대 네트워크마케팅
임동학 지음 | 신국판 | 376쪽 | 12,000원

성공리더의 7가지 조건
다이앤 트레이시 · 윌리엄 모건 지음
지창영 옮김 | 신국판 | 360쪽 | 13,000원

김종결의 성공창업
김종결 지음 | 신국판 | 340쪽 | 12,000원

최적의 타이밍에 내 집 마련하는 기술
이원재지음 | 신국판 | 248쪽 | 10,500원

컨설팅 세일즈 Consulting sales
임동학 지음 | 대국전판 | 336쪽 | 13,000원

연봉 10억 만들기
김농주 지음 | 국판 | 216쪽 | 10,000원

주5일제 근무에 따른 한국형 주말창업
최효진 지음 | 신국판 변형 양장본
216쪽 | 10,000원

돈 되는 땅 돈 안되는 땅
김영준 지음 | 신국판 | 320쪽 | 13,000원

돈 버는 회사로 만들 수 있는 109가지
다카하시 도시노리 지음 | 민병수 옮김
신국판 | 344쪽 | 13,000원

프로는 디테일에 강하다
김미현 지음 | 신국판 | 248쪽 | 9,000원

머니투데이 송복규 기자의
부동산으로 주머니돈 100배 만들기
송복규 지음 | 신국판 | 328쪽 | 13,000원

성공하는 슈퍼마켓&편의점 창업
나명환 지음 | 4×6배판 변형 | 500쪽 | 28,000원

대한민국 성공 재테크 부동산 펀드와 리츠로 승부하라
김영준 지음 | 신국판 | 256쪽 | 12,000원

마일리지 200% 활용하기
박성희 지음 | 국판 변형 | 200쪽 | 8,000원

1%의 가능성에 도전, 성공 신화를 이룬 여성 CEO
김미현 지음 | 신국판 | 248쪽 | 9,500원

3천만 원으로 부동산 재벌 되기
최수길 · 이숙 · 조연희 지음
신국판 | 290쪽 | 12,000원

10년을 앞설 수 있는 재테크
노동규 지음 | 신국판 | 260쪽 | 10,000원

세계 최강을 추구하는 도요타 방식
나카야마 키요타카 지음 | 민병수 옮김
신국판 | 296쪽 | 12,000원

최고의 설득을 이끌어내는 프레젠테이션
조두환 지음 | 신국판 | 296쪽 | 11,000원

최고의 만족을 이끌어내는 창의적 협상
조강희 · 조원희지음 | 신국판 | 248쪽 | 10,000원

New 세일즈 기법 물건을 팔지 말고 가치를 팔아라
조기선 지음 | 신국판 | 264쪽 | 9,500원

작은 회사는 전략이 달라야 산다
황문진 지음 | 신국판 | 312쪽 | 11,000원

돈되는 슈퍼마켓&편의점 창업전략(입지 편)
나명환 지음 | 신국판 | 352쪽 | 13,000원

25 · 35 꼼꼼 여성 재테크
정원훈 지음 | 신국판 | 224쪽 | 11,000원

대한민국 2030 독특하게 창업하라
이상헌 · 이호 지음 | 신국판 | 288쪽 | 12,000원

왕초보 주택 경매로 돈 벌기
천관성 지음 | 신국판 | 268쪽 | 12,000원

New 마케팅 기법 〈실천편〉 물건을 팔지 말고 가치를 팔아라 2
조기선 지음 | 신국판 | 240쪽 | 10,000원

퇴출 두려워 마라 홀로서기에 도전하라
신정수 지음 | 신국판 | 256쪽 | 11,500원

슈퍼마켓 & 편의점 창업 바이블
나명환 지음 | 신국판 | 280쪽 | 12,000원

위기의 한국 기업 재창조하라
신정수 지음 | 신국판 양장본 | 304쪽 | 15,000원

취업닥터
신정수 지음 | 신국판 | 272쪽 | 13,000원

합법적으로 확실하게 세금 줄이는 방법
최성호 · 김기근지음 | 대국전판 | 372쪽 | 16,000원

선거수첩
김용한 엮음 | 4×6판 | 184쪽 | 9,000원

소상공인 마케팅 실전 노하우
(사)한국소상공인마케팅협회지음 | 황문진 감수
4×6배판 변형 | 22,000원

불황을 완벽하게 타개하는 법칙
오오카와 류우호오 지음 | 김지현 옮김
신국판변형 | 240쪽 | 11,000원

한국 이명박 대통령의 영적 메시지
오오카와 류우호오 지음 | 박재영 옮김
4×6판 | 140쪽 | 7,500원

세계 황제를 노리는 남자 시진핑의 본심에 다가서다
오오카와 류우호오 지음 | 안미현 옮김
4×6판 | 144쪽 | 7,500원

북한 종말의 시작 영적 진실의 충격
오오카와 류우호오 지음 | 박재영 옮김
4×6판 | 194쪽 | 8,000원

러시아의 신임 대통령 푸틴과 제국의 미래
오오카와 류우호오 지음 | 안미현 옮김

4×6판 | 150쪽 | 7,500원

취업 역량과 가치로 디자인하라
신정수 지음 | 신국판 | 348쪽 | 15,000원

북한과의 충돌을 예견한다
오오카와 류우호오지음 | 4×6판 | 148쪽 | 8,000원

미래의 법
오오카와 류우호오 지음
신국판 | 204쪽 | 11,000원

김정은의 본심에 다가서다
오오카와 류우호오 지음
4×6판 | 200쪽 | 8,000원

하세가와 케이타로 수호령 메시지
오오카와 류우호오 지음
신국판 | 140쪽 | 7,500원

뭐든지 다 판다
정철환 지음 | 신국판 | 280쪽 | 15,000원

더+ 시너지
유길문 지음 | 신국판 | 228쪽 | 14,000원

영원한 생명의 세계
오오카와 류우호오 지음 | 신국판 변형 |
148쪽 | 12,000원

인내의 법
오오카와 류우호오 지음 | 신국판 변형 |
260쪽 | 15,000원

스트레스 프리 행복론
오오카와 류우호오 지음 | 신국판 변형 |
180쪽 | 12,000원

주 식

개미군단 대박맞이 주식투자
홍성걸(한양증권 투자분석팀 팀장) 지음
신국판 | 310쪽 | 9,500원

알고 하자! 돈 되는 주식투자
이길영외2명 공저 | 신국판 | 388쪽 | 12,500원

항상 당하기만 하는 개미들의 매도 · 매수 타이밍 999% 적중 노하우
강경무 지음 | 신국판 | 336쪽 | 12,000원

부자 만들기 주식성공클리닉
이창희 지음 | 신국판 | 372쪽 | 11,500원

선물 · 옵션 이론과 실전매매
이창희 지음 | 신국판 | 372쪽 | 12,000원

너무나 쉬워 재미있는 주가차트
홍성무지음 | 4×6배판 | 216쪽 | 15,000원

주식투자 직접 투자로 높은 수익을 올릴 수 있는 비결
김학균 지음 | 신국판 | 230쪽 | 11,000원

억대 연봉 증권맨이 말하는 슈퍼 개미의 수익나는 원리
임정규 지음 | 신국판 | 248쪽 | 12,500원

주식탈무드
윤순숙 지음 | 신국판 양장 | 240쪽 | 15,000원

역 학

역리종합 만세력
정도명 편저 | 신국판 | 532쪽 | 10,500원

작명대전
정보국 지음 | 신국판 | 460쪽 | 12,000원

하락이수 해설
이천교 편저 | 신국판 | 620쪽 | 27,000원

현대인의 창조적 관상과 수상

백운산 지음 | 신국판 | 344쪽 | 9,000원
대운용신영부적
정재원 지음 | 신국판 양장본 | 750쪽 | 39,000원
사주비결활용법
이세진 지음 | 신국판 | 392쪽 | 12,000원
컴퓨터세대를 위한 新 성명학대전
박용찬 지음 | 신국판 | 388쪽 | 11,000원
길흉화복 꿈풀이 비법
백운산 지음 | 신국판 | 410쪽 | 12,000원
새천년 작명컨설팅
정재원 지음 | 신국판 | 492쪽 | 13,900원
백운산의 신세대 궁합
백운산 지음 | 신국판 | 304쪽 | 9,500원
동자삼 작명학
남시모 지음 | 신국판 | 496쪽 | 15,000원
소울음소리
이건우 지음 | 신국판 | 314쪽 | 10,000원
알기 쉬운 명리학 총론
고순택 지음 | 신국판 양장본 | 652쪽 | 35,000원
대운명
정재원 지음 | 신국판 | 708쪽 | 23,200원

법률일반

여성을 위한 성범죄 법률상식
조명원(변호사) 지음 | 신국판 | 248쪽 | 8,000원
아파트 난방비 75% 절감방법
고영근 지음 | 신국판 | 238쪽 | 8,000원
일반인이 꼭 알아야 할 절세전략 173선
최성호(공인회계사) 지음 | 신국판
392쪽 | 12,000원
변호사와 함께하는 부동산 경매
최환주(변호사) 지음 | 신국판 | 404쪽 | 13,000원
혼자서 쉽고 빠르게 할 수 있는 소액재판
김재용 · 김종철 공저 | 신국판 | 312쪽 |
9,500원
술 한 잔 사겠다는 말에서 찾아보는 채권 · 채무
변환철(변호사) 지음 | 신국판 | 408쪽 | 13,000원
알기쉬운 부동산 세무 길라잡이
이건우(세무서 재산계장) 지음 | 신국판
400쪽 | 13,000원
알기쉬운 어음, 수표 길라잡이
변환철(변호사) 지음 | 신국판 | 328쪽 | 11,000원
제조물책임법
강동근(변호사) · 윤종성(검사) 공저
신국판 | 368쪽 | 13,000원
알기 쉬운 주5일근무에 따른 임금 · 연봉제 실무
문강분(공인노무사) 지음 | 4×6배판 변형
544쪽 | 35,000원
변호사 없이 당당히 이길 수 있는 형사소송
김대환 지음 | 신국판 | 304쪽 | 13,000원
변호사 없이 당당히 이길 수 있는 민사소송
김대환 지음 | 신국판 | 412쪽 | 14,500원
혼자서 해결할 수 있는 교통사고 Q&A
조명원(변호사) 지음 | 신국판 | 336쪽 |
12,000원
알기 쉬운 개인회생 · 파산 신청법
최재구(법무사) 지음 | 신국판 | 352쪽 |
13,000원
부동산 조세론
정태식 · 김예기 지음 | 4×6배판 변형
408쪽 | 33,000원

생활법률

부동산 생활법률의 기본지식
대한법률연구회 지음 | 김원중(변호사) 감수
신국판 | 480쪽 | 12,000원
고소장 · 내용증명 생활법률의 기본지식
하태웅(변호사) 지음 | 신국판 | 440쪽 |
12,000원
노동 관련 생활법률의 기본지식
남동희(공인노무사) 지음
신국판 | 528쪽 | 14,000원
외국인 근로자 생활법률의 기본지식
남동희(공인노무사) 지음
신국판 | 400쪽 | 12,000원
계약작성 생활법률의 기본지식
이상도(변호사) 지음 | 신국판 | 560쪽 | 14,500원
지적재산 생활법률의 기본지식
이상도(변호사) · 조의제(변리사) 공저
신국판 | 496쪽 | 14,000원
부당노동행위와 부당해고 생활법률의 기본지식
박영수(공인노무사) 지음 | 신국판
432쪽 | 14,000원
주택 · 상가임대차 생활법률의 기본지식
김운용(변호사) 지음 | 신국판 | 480쪽 | 14,000원
하도급거래 생활법률의 기본지식
김진흥(변호사) 지음 | 신국판 | 440쪽 | 14,000원
이혼소송과 재산분할 생활법률의 기본지식
박동섭(변호사) 지음 | 신국판 | 460쪽 | 14,000원
부동산등기 생활법률의 기본지식
정상태(법무사) 지음 | 신국판 | 456쪽 | 14,000원
기업경영 생활법률의 기본지식
안동섭(단국대 교수) 지음 | 신국판
466쪽 | 14,000원
교통사고 생활법률의 기본지식
박정무(변호사) · 전병찬 공저 | 신국판
480쪽 | 14,000원
소송서식 생활법률의 기본지식
김대환 지음 | 신국판 | 480쪽 | 14,000원
호적 · 가사소송 생활법률의 기본지식
정주수(법무사) 지음 | 신국판 | 516쪽 | 14,000원
상속과 세금 생활법률의 기본지식
박동섭(변호사) 지음 | 신국판 | 480쪽 | 14,000원
담보 · 보증 생활법률의 기본지식
류창호(법학박사) 지음 | 신국판 | 436쪽 | 14,000원
소비자보호 생활법률의 기본지식
김성천(법학박사) 지음 | 신국판 | 504쪽 | 15,000원
판결 · 공정증서 생활법률의 기본지식
정상태(법무사) 지음 | 신국판 | 312쪽 | 13,000원
산업재해보상보험 생활법률의 기본지식
정유석(공인노무사) 지음 | 신국판 | 384쪽 |
14,000원

명상

명상으로 얻는 깨달음
달라이 라마 지음 | 지창영 옮김
국판 | 320쪽 | 9,000원

처세

성공적인 삶을 추구하는 여성들에게 우먼파워
조안 커너 · 모이라 레너 공저 | 지창영 옮김
신국판 | 352쪽 | 8,800원

聽 이익이 되는 말 話 손해가 되는 말
우메사와 미요 지음 | 정성호 옮김
신국판 | 304쪽 | 9,000원
성공하는 사람들의 화술테크닉
민영욱 지음 | 신국판 | 320쪽 | 9,500원
부자들의 생활습관 가난한 사람들의 생활습관
다케우치 야스오 지음 | 홍영의 옮김
신국판 | 320쪽 | 9,800원
코끼리 귀를 당긴 원숭이-히딩크식 창의력을 배우자
강충인 지음 | 신국판 | 208쪽 | 8,500원
성공하려면 유머와 위트로 무장하라
민영욱 지음 | 신국판 | 292쪽 | 9,500원
등소평의 오뚝이전략
조창남 편저 | 신국판 | 304쪽 | 9,500원
노무현 화술과 화법을 통한 이미지 변화
이현정 지음 신국판 | 320쪽 | 10,000원
성공하는 사람들의 토론의 법칙
민영욱 지음 | 신국판 | 280쪽 | 9,500원
사람은 칭찬을 먹고산다
민영욱 지음 | 신국판 | 268쪽 | 9,500원
사과의 기술
김농주 지음 | 국판 변형 양장본 | 200쪽 | 10,000원
취업 경쟁력을 높여라
김농주 지음 | 신국판 | 280쪽 | 12,000원
유비쿼터스시대의 블루오션 전략
최양진 지음 | 신국판 | 248쪽 | 10,000원
나만의 블루오션 전략 - 화술편
민영욱 지음 | 신국판 | 254쪽 | 10,000원
희망의 씨앗을 뿌리는 20대를 위하여
우광균 지음 | 신국판 | 172쪽 | 8,000원
끌리는 사람이 되기위한 이미지 컨설팅
홍순아 지음 | 대국전판 | 194쪽 | 10,000원
글로벌 리더의 소통을 위한 스피치
민영욱 지음 | 신국판 | 328쪽 | 10,000원
오바마처럼 꿈에 미쳐라
정영순 지음 | 신국판 | 208쪽 | 9,500원
여자 30대, 내 생애 최고의 인생을 만들어라
정영순 지음 | 신국판 | 256쪽 | 11,500원
인맥의 달인을 넘어 인맥의 神이 되라
서필환 · 봉은희 지음 | 신국판 | 304쪽 | 12,000원
아임 파인(I'm Fine!)
오오카와 류우호오 지음 | 4×6판 | 152쪽 |
8,000원
미셸 오바마처럼 사랑하고 성공하라
정영순 지음 | 신국판 | 224쪽 | 10,000원
용기의 법
오오카와류우호오지음 | 국판 | 208쪽 | 10,000원
긍정의 신
김태광 지음 | 신국판 변형 | 230쪽 | 9,500원
위대한 결단
이채윤 지음 | 신국판 | 316쪽 | 15,000원
한국을 일으킬 비전 리더십
안의정 지음 | 신국판 | 340쪽 | 14,000원
하우 어바웃 유?
오오카와 류우호오 지음 | 신국판 변형
140쪽 | 9,000원
셀프 리더십의 긍정적 힘
배은경 지음 | 신국판 | 178쪽 | 12,000원
실천하라 정주영처럼
이채윤 지음 | 신국판 | 300쪽 | 12,000원
진실에 대한 깨달음
오오카와 류우호오 지음 | 신국판 변형
170쪽 | 9,500원

통하는 화술
민영욱 · 조영관 · 손이수 지음 | 신국판
264쪽 | 12,000원
마흔, 마음샘에서 찾은 논어
이이영 지음 | 신국판 | 294쪽 | 12,000원
겨자씨만한 역사, 세상을 열다
이이영 · 손완주 지음 | 신국판 | 304쪽 | 12,000원
셀프 리더십 코칭
배은경 지음 | 신국판 | 180쪽 | 12,000원
홀리스틱 리더십
김길수 지음 | 신국판 | 240쪽 | 13,000원
나는야 뽀빠이 공무원
강병식 지음 | 신국판 | 280쪽 | 15,000원

어 학

2진법 영어
이상도 지음 | 4×6배판 변형 | 328쪽 | 13,000원
한 방으로 끝내는 영어
고제윤 지음 | 신국판 | 316쪽 | 9,800원
한 방으로 끝내는 영단어
김승엽 지음 | 김수경 · 카렌다 감수
4×6배판 변형 | 236쪽 | 9,800원
해도해도 안 되던 영어회화 하루에 30분씩
90일이면 끝낸다
Carrot Korea 편집부 지음 | 4×6배판 변형
260쪽 | 11,000원
바로 활용할 수 있는 기초생활영어
김수경 지음 | 신국판 | 240쪽 | 10,000원
바로 활용할 수 있는 비즈니스영어
김수경 지음 | 신국판 | 252쪽 | 10,000원
생존영어55
홍일록 지음 | 신국판 | 224쪽 | 8,500원
필수 여행영어회화
한현숙 지음 | 4×6판 변형 | 328쪽 | 7,000원
필수 여행일어회화
윤영자 지음 | 4×6판 변형 | 264쪽 | 6,500원
필수 여행중국어회화
이은진 지음 | 4×6판 변형 | 256쪽 | 7,000원
영어로 배우는 중국어
김승엽 지음 | 신국판 | 216쪽 | 9,000원
필수 여행스페인어회화
유연창 지음 | 4×6판 변형 | 288쪽 | 7,000원
바로 활용할 수 있는 홈스테이 영어
김형주 지음 | 신국판 | 184쪽 | 9,000원
필수 여행러시아어회화
이은수 지음 | 4×6판 변형 | 248쪽 | 7,500원
바로 활용할 수 있는 홈스테이 영어
김형주 지음 | 신국판 | 184쪽 | 9,000원
필수 여행러시아어회화
이은수 지음 | 4×6판 변형 | 248쪽 | 7,500원
영어 먹는 고양이 1
권혁천 지음 | 4×6배판 변형(올컬러)
164쪽 | 9,500원
영어 먹는 고양이 2
권혁천 지음 | 4×6배판 변형(올컬러)
152쪽 | 9,500원

여 행

우리 땅 우리 문화가 살아 숨쉬는 옛터
이형권 지음 | 대국전판(올컬러)
208쪽 | 9,500원

아름다운 산사
이권재지음 | 대국전판(올컬러) | 208쪽 | 9,500원
맛과 멋이 있는 낭만의 카페
박성찬지음 | 대국전판(올컬러) | 168쪽 | 9,900원
한국의 숨어 있는 아름다운 풍경
이종원지음 | 대국전판(올컬러) | 208쪽 | 9,900원
사람이 있고 자연이 있는 아름다운 명산
박기성지음 | 대국전판(올컬러) | 176쪽 | 12,000원
마음의 고향을 찾아가는 여행 포구
김인자 지음 | 대국전판(올컬러) | 224쪽 |
14,000원
생명이 살아 숨쉬는 한국의 아름다운 강
민병준지음 | 대국전판(올컬러) | 168쪽 | 12,000원
틈나는 대로 세계여행
김재관 지음 | 4×6배판 변형(올컬러)
368쪽 | 20,000원
풍경 속을 걷는 즐거움 명상 산책
김인자지음 | 대국전판(올컬러) | 224쪽 | 14,000원
3.3.7 세계여행
김완수 지음 | 4×6배판 변형(올컬러)
280쪽 | 12,900원
법정 스님의 발자취가 남겨진
아름다운 산사
박석찬 · 최애정 · 이성준 지음
신국판 변형(올컬러) | 176쪽 | 12,000원
자유인 김완수의 세계 자연경관 후보지 21
곳 탐방과 세계 7대 자연경관 견문록
김완수지음 | 4×6배판(올컬러) | 368쪽 | 27,000원

레포츠

수열이의 브라질 축구 탐방 삼바 축구, 그
들은 강하다
이수열 지음 | 신국판 | 280쪽 | 8,500원
마라톤, 그 아름다운 도전을 향하여
빌 로저스 · 프리실라 웰치 · 조 헨더슨 공저
오인환 감수 | 지창영 옮김
4×6배판 | 320쪽 | 15,000원
인라인스케이팅 100%즐기기
임미숙지음 | 4×6배판변형 | 172쪽 | 11,000원
스키 100% 즐기기
김동환지음 | 4×6배판변형 | 184쪽 | 12,000원
태권도 총론
하웅의 지음 | 4×6배판 | 288쪽 | 15,000원
수영 100% 즐기기
김종만 지음 | 4×6배판 변형 | 248쪽 |
13,000원
건강을 위한 웰빙 걷기
이강옥지음 | 신국판 | 280쪽 | 10,000원
쉽고 즐겁게! 신나게! 배우는 재즈댄스
최재선 지음 | 4×6배판 변형 | 200쪽 |
12,000원
해양스포츠 카이트보딩
김남용 편저 | 신국판(올컬러) | 152쪽 |
18,000원

골 프

퍼팅 메커닉
이근택지음 | 4×6배판변형 | 192쪽 | 18,000원
아마골프 가이드
정영호 지음 | 4×6배판 변형 | 216쪽 | 12,000원

골프 100타 깨기
김준모지음 | 4×6배판 변형 | 136쪽 | 10,000원
골프 90타 깨기
김광섭지음 | 4×6배판 변형 | 148쪽 | 11,000원
KLPGA 최여진 프로의 센스 골프
최여진 지음 | 4×6배판 변형(올컬러)
192쪽 | 13,900원
KTPGA 김준모 프로의 파워 골프
김준모 지음 | 4×6배판 변형(올컬러)
192쪽 | 13,900원
골프 80타 깨기
오태훈지음 | 4×6배판 변형 | 132쪽 | 10,000원
신나는 골프 세상
유응열 지음 | 4×6배판 변형(올컬러)
232쪽 | 16,000원
이신 프로의 더 퍼펙트
이신지음 | 국배판 변형 | 336쪽 | 28,000원
주니어출신 박영진 프로의 주니어골프
박영진 지음 | 4×6배판 변형(올컬러)
164쪽 | 11,000원
골프손자병법
유응열 지음 | 4×6배판 변형(올컬러)
212쪽 | 16,000원
박영진 프로의 주말 골퍼 100타 깨기
박영진 지음 | 4×6배판 변형(올컬러)
160쪽 | 12,000원
10타 줄여주는 클럽 피팅
현세용 · 서주석 공저 | 4×6배판 변형
184쪽 | 15,000원
단기간에 싱글이 될 수 있는 원포인트 레슨
권용진 · 김준모 지음 | 4×6배판 변형(올컬러)
152쪽 | 12,500원
이신 프로의 더 퍼펙트 쇼트 게임
이신 지음 | 국배판 변형(올컬러) | 248쪽 |
20,000원
인체에 가장 잘 맞는 스킨 골프
박길석 지음 | 국배판 변형 양장본(올컬러)
312쪽 | 43,000원

여성 · 실용

결혼준비, 이제 놀이가 된다
김창규 · 김수경 · 김정철 지음
4×6배판 변형(올컬러) | 230쪽 | 13,000원

아 동

꿈도둑의 비밀
이소영 지음 | 신국판 | 136쪽 | 7,500원
바리온의 빛나는 돌
이소영 지음 | 신국판 | 144쪽 | 8,000원

마인드 뷰티 컨설턴트 김아현의
반전매력 심리학 이야기

2017년 4월 10일 제1판 1쇄 발행
2020년 8월 5일 제1판 3쇄 발행

지은이 / 김아현
펴낸이 / 강선희
펴낸곳 / 가림출판사

등록 / 1992. 10. 6. 제 4-191호
주소 / 서울시 광진구 영화사로 83-1(구의동) 영진빌딩 5층
대표전화 / 02)458-6451 팩스 / 02)458-6450
홈페이지 / www.galim.co.kr
이메일 / galim@galim.co.kr

값 15,000원

ISBN 978-89-7895-398-6 03810

이 도서의 국립중앙도서관 출판예정도서목록(CIP)은 서지정보유통지원시스템
홈페이지(http://seoji.nl.go.kr)와 국가자료공동목록시스템(http://www.nl.go.kr/
kolisnet)에서 이용하실 수 있습니다.(CIP제어번호: CIP2017005443)